Varianti

collana diretta da Sara Rattaro e Mauro Morellini

Alessandra Pagani

Resta solo la tua voce

MORELLINI EDITORE

Copyright 2024 © Morellini Editore
by Enzimi Srl
via Porro Lambertenghi 7 - 20159 Milano
tel. 02/87383764
www.morellinieditore.it
Facebook: @Morellini Ed
Instagram: @morellinieditore

Immagine di copertina: Shutterstock Images.

ISBN: 979-12-5527-220-5
Data di pubblicazione: novembre 2024
Stampa: Rotomail S.p.A. – Vignate (MI)

La morte non è niente.
Sono solamente passato dall'altra parte:
è come se fossi nascosto nella stanza accanto.
Io sono sempre io e tu sei sempre tu.
Quello che eravamo prima l'uno per l'altro
lo siamo ancora.

Henry Scott Holland

Noi rappresentiamo la vita com'è, punto e basta.
Più in là non ci farete andare, nemmeno con la frusta.
Non abbiamo scopi né immediati né lontani
e nella nostra anima c'è il vuoto assoluto.
Non abbiamo concezione politica, non crediamo nella
rivoluzione, non temiamo i fantasmi e, quanto
a me, non temo neppure la morte e la cecità.

Anton Čechov

Parte 1

Giulia

1999

Mi aspettavo quella foschia leggera e umida che rende i confini del mondo sfocati e incerti e sembra far galleggiare il paesaggio su nuvole d'acqua. Immaginavo persone vestite di nero in fila sotto la pioggia, con gli ombrelli aperti, mentre osservavano in silenzio l'arrivo del carro funebre. Attendevo che gli uomini sollevassero la bara per portarla in chiesa mentre si bagnavano il viso e le mani percorrendo pochi metri. Immaginavo la pioggia, come se l'acqua ammantasse il tutto di una tristezza più importante.

Invece, il giorno del mio funerale il sole splende alto nel cielo.

È una chiara giornata di fine autunno: la prima neve brilla sulle Alpi, i pini diffondono il profumo di resina e l'aria è tersa e brillante.

Il giorno del mio funerale mi sarebbe piaciuto un tributo della natura a salutare la fine della mia vita. Non dico proprio una cosa plateale come un grande terremoto o un nubifragio, in fondo sono solo una ragazza, ma almeno avrebbe potuto piovere. Mi sarebbe piaciuta una di quelle piogge torrenziali della mia infanzia, quelle che facevano esplodere i tombini e formavano ruscelli vivaci che fiancheggiavano i marciapiedi e scorrevano rapidi, come vorrei fare io se potessi evitare di essere qui.

Io ora sono solo una voce.

Avevo vent'anni quando sono morta. Mi hanno ammazzata le stesse persone che dicevano di amarmi. Nessuno è stato condannato. Né la mia famiglia, né gli amici, né gli insegnanti, né la società, né i mass media, né lo Stato, e non è stato condannato l'assassino.

L'unica che hanno calunniato, offeso, messo a tacere, umiliato e ammazzato sono io.

Ora che non ho più un corpo a farmi da confine mi è rimasta solo questa voce e voglio usarla per raccontare la mia storia. Devo fare presto, non so quanto tempo ho ancora, forse pochissimo, e se non parlo adesso dovrò tacere per sempre.

Non è che una ragazza passi molto tempo a immaginarsi il proprio funerale, anzi, io non ci pensavo proprio, o almeno non di proposito, forse verso la fine ci pensavo di più. La chiesa è una costruzione moderna in cemento armato che sta in mezzo al paese come un'astronave aliena atterrata lì per caso, e il cimitero, di fianco all'unico benzinaio, sembra un carcere grigio a più piani, in cui non vorrebbero alloggiare nemmeno i morti già interrati. Per di più, affaccia sull'unica strada trafficata che collega i paesi della valle.

Dicevo che è andata male fin dal principio. Sono nata e cresciuta in un punto in cui la Pianura Padana confina con le Alpi, in una casa di confine. Gli edifici si addossano l'uno all'altro come se una grande mano li avesse lanciati, come dadi, sui primi fianchi della montagna.

In questo paese svuotato, pieno di vecchi seduti al bar, sonnolento, c'è poco lavoro, nessuno svago o evento.

La pioggia, una bella pioggia fitta e scrosciante, almeno nel giorno del mio funerale, avrebbe celato tanta bruttezza.

Le campane suonano a morto rintocchi potenti e solenni, inframezzati da qualche secondo di pausa.

Il paese è presente, ammutolito e nervoso, mentre arriva il carro funebre. Quattro uomini, mai visti prima, caricano in spalla la cassa di legno dove hanno rinchiuso il mio corpo e la depositano sotto l'altare. Seguo il canto che sale dal coro, cantano i miei ex compagni di scuola.

La bara che mi contiene è bianca, come quelle dei bambini, è decorata con una grande corona di crisantemi. Non mi sono mai piaciuti i fiori bianchi, io amavo le rose. Dietro casa, una rosa si arrampicava sul muro di mattoni che ci separava dai vicini. Era stato tirato su in fretta, in un punto la calce era colata costringendo le formiche a deviare la colonna perfetta in cui camminavano in una curva sbilenca. In estate mi sedevo con la schiena al muro ammirando il riflesso dorato dell'ultima luce del giorno sui miei lunghi capelli biondi.

Ma non voglio distrarmi.

La chiesa affollata riecheggia di colpi di tosse, fruscii dei cappotti e forti respiri. Si avverte la tensione dello spettacolo che sta per cominciare.

Mio padre, mia madre e mia sorella sono seduti nella prima panca sotto l'altare. Dietro ai volti abbassati e pallidi come pietra, mi sembra di scorgere sguardi impauriti. Devo accettare di non essere più con loro e, anche se può sembrare curioso, non è semplice abituarsi.

In un paese così piccolo non accade spesso che la cronaca venga a farci visita. I giornalisti fumano in silenzio sul sagrato della chiesa. Attendono la fine della messa per mettere il microfono sotto al naso di mio padre e pronunciare la domanda per cui hanno studiato molti anni: "Come sta ora che è morta sua figlia?".

I vivi non vedono i morti, ma alcuni avvertono qualcosa che cambia intorno a loro: una folata d'aria fredda, la sensazione che qualcuno ti stia osservando, l'impulso di girare lo sguardo in una precisa direzione, un'ombra nera che si riesce a cogliere solo con la coda nell'occhio. In questa moltitudine scomposta ci sono anche io e lo avvertono. La gente si guarda intorno, nervosa. Si tocca il bavero del cappotto. Sposta il peso da un piede all'altro. Intreccia le mani, poi le libera. Il cielo mattutino è terso e scintillante, chissà chi sarà il primo vicino di casa a farsi intervistare.

Avrei voluto che parlasse di me qualcuno che mi conosceva. Forse mia sorella, mia madre. I vicini e gli amici impacciati affollano le panche e lanciano occhiate curiose in direzione della mia famiglia. Ci sono proprio tutti.

Prima

Mia madre teme la gente sopra ogni cosa. È una donna che fatica a fare la spesa, non è mai entrata in una banca o alle poste, non frequenta teatri o cinema o bar o ritrovi pubblici, non ha amici e non conosce nessuno oltre alla sua famiglia. Le sue giornate si dividono tra la televisione e le pulizie di casa e pare contenta.

Io mi chiamo Giulia in onore di una protagonista di una serie tv che amava, mia sorella gemella si chiama Diana, come la principessa. Ci diceva che eravamo fortunate ad avere dei nomi moderni, femminili e graziosi, non come lei che si chiama Teresa, diceva stirando la bocca in una smorfia di disappunto. Nessuna delle sue eroine avrebbe mai avuto un nome così scontato e ordinario.

Ci intimava di stare in silenzio perché iniziava la telenovela preferita. Io e mia sorella continuavamo a chiacchierare e lei si arrabbiava. Allora Diana si alzava e se ne andava, mentre io mi sdraiavo sulla panca di legno affiancata al tavolo della cucina. La stanza si riempiva di dialoghi d'amore, intrighi e misteri, scene di gelosia e passione e così chiudevo gli occhi, ascoltando. Forse è per questo che sono cresciuta romantica.

Mia madre parlava delle vite di questi personaggi come se fossero veri, amici in carne e ossa, che avremmo potuto incontrare un giorno per strada o in chiesa.

Mi diceva: «Oggi Rosa ha saputo che Maria Alberta è la figlia del signor Rossi e quindi riceverà un'eredità. Ah, dovevi vedere che faccia ha fatto: sembrava avesse ingoiato un limone! Si vedeva che moriva di invidia». E poco importava che né Rosa né Maria Alberta né il signor Rossi fossero personaggi della fiction, mia madre ne traeva una delle massime su cui basava la sua vita: "La gente è invidiosa", e la trasmetteva, giorno dopo giorno, convinta.

Aveva riempito il muro del soggiorno di fotografie, a colori e in bianco e nero. Erano ritratti di famiglia: nonni, bisnonni, zii, nipoti e cugini affollavano la parete.

Non c'era spazio per i vivi su quel muro. I vivi abitavano la terra e non avevano diritto di essere rappresentati e incorniciati. Invece i morti dovevano avere un loro spazio in casa.

Quando ci capitava di guardarli, almeno venti volte al giorno, visto che quella era la stanza in cui vivevamo la maggior parte del tempo, suggeriva di recitare loro un "Eterno riposo" affinché stessero in pace e possibilmente non venissero a romperci l'anima, che già vivere era abbastanza complicato. I volti dei miei antenati, ingrigiti dal tempo e dal vetro delle cornici, mi rendevano inquieta.

Mi sentivo fissare. Pregavo per loro, lo facevo perché stessero tranquilli e non gli venisse in mente di sussurrarmi parole all'orecchio e di apparirmi in sogno. Erano file di vite terminate, storie misteriose che avrei voluto conoscere. Ogni tanto chiedevo notizie ottenendo però scarsi dettagli. La storia si ripeteva sempre uguale: nascita, matrimonio, figli, ammazzarsi di fatica, morte.

Qualcuno era emigrato, la maggior parte vivevano nelle vicinanze, da generazioni.

Ogni tanto vedevo mia madre farsi il segno della croce e recitare una preghiera di fronte al muro, più per prassi che per vera convinzione. Mio padre e mia sorella passavano indifferenti davanti al muro. Loro erano forti, impermeabili alla morte.

***

Mio padre, seduto in chiesa, ha la faccia di qualcuno che è stato sconfitto. È un uomo alto e biondo, sembra smarrito, nel vestito elegante, un viaggiatore di passaggio che sta assistendo al funerale di qualcuno che non conosce troppo bene. Fissa una delle porte laterali della chiesa come se volesse andarsene da un momento all'altro. Lo vedo voltarsi ripetutamente verso la porta, salutare con un cenno della testa. Anche oggi è lui che china il capo per primo.

Si starà chiedendo chi gliel'ha fatto fare di mettersi in una situazione del genere, abitare in due stanze più servizi al pianterreno di una casa scrostata della prima periferia, sposarsi con una donna che non vuole mai uscire, lavorare come operaio, giorno dopo giorno, buttare via la gioia per onorare gli impegni presi.

In fondo, si sente innocente. Ha fatto ciò che la società gli ha chiesto di fare, è rimasto, ha sacrificato se stesso. Ha sopportato il padrone, gli orari massacranti, ha ceduto le sue domeniche di riposo in cambio dello straordinario, per avere qualche soldo in più in tasca da dare a noi. Si è alzato all'alba anche nelle mattine di febbraio, quando i vetri avevano un sottile strato di ghiaccio interno, e l'unica cosa sensata da fare è starsene sotto alle coperte fino a che un pallido sole non spunta dietro alle montagne.

Franco Giraudo è rimasto nel paese dove è nato, ai piedi delle Alpi. Ha sposato la figlia dei vicini di casa, la ragazza che ha conosciuto ancora bambina nel cortile. Ha fatto tutto quello che doveva fare. La breve ruga sembra essersi fatta più profonda, come se la mia morte avesse impresso un nuovo segno in mezzo alla fronte. È un segno corto e orizzontale, come una comunicazione telegrafica a significare "mai più".

Mia sorella si stringe nel cappotto e tiene le mani bianche e pallide in tasca. So che con un polpastrello accarezza la punta di un suo amuleto, una chiave di casa, spezzata, che porta sempre con sé.

Siamo gemelle omozigote, uguali nell'aspetto fisico e diverse nel carattere, come spesso, dicono, accade. Anche se abbiamo entrambe gli occhi verdi, i miei si illuminavano d'amore, quelli di Diana di rabbia. Avrebbe voluto un funerale a porte chiuse, per poter piangere davvero lontana dai curiosi.

«Ehi, birilla!» diceva quando scherzavamo tra noi. Mia sorella non conosce l'arte del perdono, vive di rabbie antiche che ogni tanto riaffiorano con un mal di stomaco. Guarda fisso due figure sedute su una panca laterale della chiesa, è infastidita dalla loro presenza. Dilata le narici respirando un po' più forte. Lo fa sempre quando è nervosa.

A scuola

Seguendo il suo sguardo le vedo: Adelaide Rossi e Franca Giusti. Stanno con lo sguardo verso il basso, le mani coperte da guanti bordati di pelliccia e l'aria addolorata e incredula che ci si aspetta in questi casi. Anche se, quando pensano che nessuno le noti, si scambiano gomitate leggere e sollevando il mento indicano una all'altra chi guardare.

Io e mia sorella le chiamiamo "Le sceme". Quando le conobbi, i miei genitori avevano appena comprato casa, quella casa piccola e sfasciata in cui vivevamo. Per la nostra famiglia era una grande conquista: fino ad allora avevamo vissuto in casa coi nonni, in un cascinale di campagna pieno di spifferi, dove le galline beccavano sotto al tavolo della cucina e per avere l'acqua calda bisognava farla bollire in un pentolone. La casa dei nonni era su una strada secondaria e per niente collegata, e costringeva mio padre a lunghi e costosi spostamenti quotidiani per andare al lavoro. La nuova casa era in città, così potevamo andare a scuola da sole, tanto era breve la passeggiata. Eravamo contente e i miei genitori anche di più, perché finalmente dopo anni di sacrifici erano riusciti a comprare una casa.

Il confine delle montagne era diventato improvvisamente sfocato. Subito dopo il trasloco iniziai a notare che non vedevo più bene come prima. Davo la colpa alla neve che sfuma e confonde, ma poi notai che il profilo della zia Aurelia, una dei morti sopra alla poltrona, si era ingentilito, ed era strano perché lei aveva un naso spigoloso come un uncino e un mento pungente che si stagliava netto nella fotografia. Feci spallucce, ignorando il problema.

A scuola sedevo nel banco di fronte a Adelaide Rossi, la più carina della classe, con i suoi boccoli perfetti e i vestitini a fiori odiosi per quanto erano nuovi, e a Franca Giusti, che era brutta ma era pur sempre la figlia del sindaco, un'autorità in un piccolo paese. Mia sorella, la più intelligente, stava in prima fila, neanche a dirlo.

Le lettere tracciate dall'insegnante sulla lavagna erano sfocate e, insomma, non leggevo una parola. Proprio nel giorno in cui ci trasferimmo nella casa nuova, la professoressa Carli decise di farci fare un esercizio di grammatica che prevedeva leggere e completare delle frasi che aveva scritto alla lavagna.

La prima fu mia sorella, sempre precisina, a rispondere perfettamente, poi la Bocci scelse la frase più facile e la completò con molti sorrisi all'insegnante. La Rodella con un suggerimento riuscì a completare la frase; toccava a me, tossendo per il nervosismo, provai a leggere. Era inutile, non distinguevo le lettere. La lavagna mi appariva come un campo nero e, candidamente, dissi: «Mi scusi, professoressa, ma non riesco a leggere, perché non ci vedo».

Le due sceme dietro di me iniziarono a farmi l'imitazione dicendo "non ci vedo", "non leggo bene" e tossicchiavano e ridevano tra di loro per far ridere anche gli altri, soprattutto i maschi, che nella nostra classe a maggioranza femminile erano considerati più importanti forse perché erano pochi, come una specie in via di estinzione o un branco da salvaguardare. All'ennesimo colpo di tosse e "non ci vedo bene", e allo scoppio di risate improvviso che seguì, la professoressa si innervosì. Non poteva prendersela direttamente con le due sceme per tutto quel trambusto perché una era la figlia del sindaco e non le veniva mai rimproverato nulla. Quindi, la professoressa Carli se la prese con me che avevo causato tutto quel baccano. Mi sbatté fuori dall'aula e disse di ripresentarmi a scuola quando avessi avuto gli occhiali che mi permettevano di poter fare lezione come tutti gli altri.

Uscii con le guance in fiamme per la vergogna e mi sedetti sulla panca con la schiena attaccata al muro. I miei avevano finito i soldi, lo sapevo benissimo, era finito tutto nella casa e non potevano permettersi di pagare nemmeno più uno spillo, figuriamoci gli occhiali per me.

«Non voglio più andare a scuola.»

«Non dirlo nemmeno. Non puoi pensare di lasciare la scuola per colpa delle due sceme» mi sussurrò Diana che era venuta a controllare come stavo.

«Avrei potuto resistere qualche mese senza occhiali.»

«Ma smettila, ne hai bisogno e vedrai che riusciremo a comprarli.»

«Odio quelle due.»

«Vedrai che ci inventeremo qualcosa.»

Strinse gli occhi e i pugni e la mascella, e fissò di fronte a sé con la determinazione e la fiducia in se stessa e nei suoi mezzi che, oggi mi accorgo, non ho mai avuto.

Fu in quei giorni che, sistemando le ultime cose del

trasloco, trovammo una chiave della vecchia casa, spezzata. Aveva una punta tagliente ed era quindi inutilizzabile. Diana la prese e la mise in tasca.

«Per non dimenticare da dove veniamo» disse, ma sapevo che era un ricordo della nostra infanzia povera ma spensierata. Ci volevamo molto bene.

Nei giorni successivi, mentre io non riuscivo a far altro che lagnarmi e piangermi addosso, Diana aveva chiesto in prestito i soldi per gli occhiali ai nonni. A scuola Diana si era spostata nel banco vicino a me e l'alleanza tra gemelle aveva smorzato le prese in giro. Era stata ancora mia sorella a chiedere a una sarta della via se potevamo aiutarla. La signora, che cuciva a cottimo per una fabbrica tessile, ci aveva dato della roba da rammendare, in cambio di un compenso basso ma sicuro. Ogni pomeriggio e ogni sera, avevamo cucito fino a che non eravamo riuscite a ripagare il debito coi nonni. Diana cuciva e borbottava testarda «Studierò finché non avrò un lavoro vero», e mia madre le chiedeva «Cosa significa lavoro vero?», e lei, senza staccare gli occhi dal cucito, diceva «Un lavoro pagato come quello di uomo, non ammazzarsi di fatica per due lire». Mia madre diceva «Calmati», Diana la guardava in silenzio con occhi fiammeggianti, e io mi sentivo morire di vergogna.

Diana non ha perso la capacità di trafiggere con gli occhi.

La vedo fissare in tralice le due ex compagne di classe. Ha sempre affrontato la vita con una allegra e feroce determinazione, che a me è mancata.

Se fossi un ectoplasma capace cercherei di accarezzarle la guancia spostando l'aria per farle sentire che la amo, e che le sono grata, ma in questa condizione non riesco a fare nient'altro che ricordare la mia storia con la mia flebile voce.

Diana usava gli intervalli per studiare, io, appoggiata alla balaustra del primo piano, mi godevo il miglior punto d'osservazione della scuola.

Gli studenti salivano la rampa lentamente, chiacchierando tra loro. Osservavo quelli che cercavano di rimorchiare, quelli che si scambiavano opinioni sulle interrogazioni, sui professori e sui compagni di classe, chi sparlava degli altri e chi rideva e chiacchierava.

Un giorno, appoggiata alla balaustra, fingevo indifferenza mentre ero tutta concentrata a origliare i pettegolezzi tra due ragazze che risalivano la rampa, quando sentii un leggero picchiettare al centro della schiena. Mi voltai e vidi Martelli, un compagno di classe, che mi indicava col dito a uno dell'ultimo anno, Simone Bernasconi.

«Lei è Giulia» disse Martelli.

Bernasconi era ripetente ed era uno dei pochi alunni delle medie che poteva guidare il motorino. All'uscita lo guardavo di sbieco mentre metteva il casco sui riccioli biondi e sgasava via, facendo ciao con la mano a quelli che conosceva.

I nostri sguardi si incrociarono per un attimo, ebbi giusto il tempo di sbattere le palpebre, poi il suo sguardo prima scese sul mio corpo per poi risalire ripercorrendolo lentamente. Durante la valutazione trattenevo il respiro, in attesa di un verdetto. All'improvviso Bernasconi contrasse la bocca in una smorfia, tirò fuori la lingua, facendo un suono di disgusto, e corse via sventolando le braccia sopra alla testa, come spaventato. La sua reazione mi fece pensare al cortile della mia scuola d'infanzia affollato di bambini che urlavano e correvano.

«Vai a chiedergli perché è scappato» dissi serrando la mascella e pentendomi della mia impulsività.

Martelli alzò le braccia in segno di resa e buttò fuori un po' affannato: «Io mi sono solo offerto di presentargli tutte le ragazze che conosco in cambio di un pallone da basket nuovo».

Rimisi le braccia conserte sulla balaustra e ci appoggiai il viso. Non avevo mai osato parlare con Simone Bernasconi. Lo ammiravo da lontano, come si fa con un attore del cinema. Ero triste perché mi ero tenuta ben lontana dal suo motorino, dalle sue magliette firmate, dall'orologio di marca, appoggiato in bella vista sul banco quando pesava troppo al polso. Ero sicura che non avesse mai comprato vestiti usati alla bancarella del mercato, che non sapesse cosa significa dormire su una panca in cucina, che non avesse pareti di morti da pregare o gatti che mangiano gli avanzi posati direttamente sul pavimento sopra a fogli di giornale. Sapevo che il mio mondo non si incontrava con i suoi ricci perfetti e con i suoi denti bianchi e allineati.

Lo sguardo che prima vagava irrequieto e divertito ora era fisso su una coppia, seduta su un portaombrelli – lei seduta sulle ginocchia di lui, lui che l'abbracciava e rideva, con semplicità – sentivo gli occhi pungere e tiravo su col naso, aggrottando la fronte. «Che hai, Giraudo?» mi apostrofò un'insegnante passando per andare in classe.

«L'allergia, professoressa.»

La campanella di fine ricreazione mi fece muovere per tornare al mio banco.

«Che hai?» chiese Diana dandomi una gomitata.

«Bernasconi ha praticamente detto che gli faccio schifo.»

«Bernasconi? Ma chi? Quello che hanno già bocciato due volte?» si interruppe grattandosi la punta del naso con una matita, «Be', direi che sei fortunata, è un caso umano».

«Come sei dura!»

«Due volte» mostrò il numero con le dita. «Siamo alle medie, non bocciano nemmeno chi ha tutte insufficienze.»

«Ha un bel sorriso…» mi strinsi nelle spalle, per giustificare l'attrazione.

«E…» mi interruppe «una nocciolina per cervello. Se vuoi riconquistarlo prova a tirargli una banana».

Scoppiammo a ridere. Le lezioni trascorsero come al solito, e quando uscimmo Martelli venne verso di me, forse per dirmi qualcosa, ma io accelerai il passo. Nei giorni seguenti passai la ricreazione al banco o nel bagno delle ragazze, evitandolo.

Il mondo fuori

Era il gennaio del 1991 e in casa le cose andavano male. Prendevo brutti voti, papà non c'era mai, mamma parlava solo delle sue *telenovelas*.

Diana dopo la scuola si immergeva nei suoi libri: stava sdraiata a pancia in giù sul letto con un libro aperto davanti e una matita in bocca che masticava per ore. Mi mettevo lì vicino e le infilavo un dito nel costato per farle il solletico. Mi scacciava come si fa con le mosche per due o tre volte e se non me ne andavo mi tirava il libro in testa.

«Birilla, ho da fare.»

«Secchia, ma perché non fai una pausa?»

«Non ho proprio tempo» sbottava, senza tante cerimonie.

«Ti perdi tutto il divertimento.»

«Ci sei già tu che ti diverti per tutti.»

«Uff, come sei noiosa.»

Uscivo dalla camera da letto e provavo a parlare con mia madre che, neanche a dirlo, aveva gli occhi incollati alla televisione e in grembo qualcosa da cucire.

«Ma non hai niente da studiare, tu?» mi scacciava, infastidita.

«No, ho già fatto.»

Allora prendevo e uscivo.

***

«Senza gente intorno muoio, cara.»

Per chiacchierare con qualcuno andavo spesso a casa della mia vicina di casa.

Moira aveva un piccolo negozio di parrucchiera nella prima periferia. Era una donna allegra, piccola e bruna, aveva appena avuto una bambina e già fremeva per riaprire.

Mi raccontava delle sue lunghe giornate a badare a una neonata.

«Non faccio niente tutto il giorno per stare dietro a quella là» indicava la bambina.

Era contenta, ma inquieta. Poi si alzava, la prendeva in braccio e ripeteva: «Senza gente intorno muoio, cara». Aveva le sopracciglia depilate e tracciate con una linea di matita nera.

Il marito sdraiato sul divano fissava la tv con la sigaretta incollata alle labbra. Non poteva lavorare proprio ora che ne aveva più bisogno, si era rotto una gamba in un cantiere e il suo malumore era presente in casa come una nuvola scura. Quel pomeriggio Moira appoggiava la testa sulle braccia, seduta al tavolo della cucina, sbadigliando come chi non dorme da giorni.

«La porto qui fuori» indicai la bambina.

«State qui davanti, dove posso vedervi.»

Di fronte alle nostre case c'era una strada ben asfaltata ma senza marciapiede. Le macchine passavano così vicine che dalle finestre di casa potevi osservare chi era seduto in auto e, con occhi abbastanza veloci, riconoscere a uno a uno i passeggeri della corriera. Sollevavo Rosa che emetteva gridolini di gioia, giocavamo sul ciglio della strada. Una coppia di anziane camminava caracollando a destra e a sinistra, come due grasse oche bianche, parlando tra loro. Le fissavo ipnotizzata: erano incredibilmente lente. Stavano una al di qua e una al di là della linea bianca sul ciglio della strada. Andavano al mercato.

Dalle nostre parti il bar è pieno di signori anziani, seduti a sfogliare il giornale, giocare a carte, bere un goccetto. Le donne invece vanno al mercato, mentre passano tra i banchi si salutano, si guardano, si raccontano le ultime notizie. Alcune si vedono anche in chiesa, mentre i mariti aspettano fuori. Non c'è nulla da fare, dalle nostre parti. La cosa più interessante è la gente.

Giunte vicine a noi, si fermarono, mi squadrarono dalla testa ai piedi, si guardarono tra loro e a un cenno del capo di una, l'altra si toccò gli occhiali e disse: «Di chi sei figlia?».

«Del Michele Giraudo.»

«L'operaio?»

«Sì.»

«E sei la gemella?»

«Sì.»

«E tua sorella dov'è?»

«In casa.»

«E la Teresa?»

«In casa.»

Si scambiarono un'occhiata.

«Chi è questa bella bambina?»

«La figlia della nostra vicina.»

«Ah, la Moira, la parrucchiera.»

«Sì.»

«È ancora chiusa la Moira, e dire che volevo farmi i capelli.»

«Ah.»

Erano il ritratto del nostro paesino. Mi scappò da ridere e una delle due si girò a sgridarmi.

«Non ci dovresti stare qui sulla strada con una bambina così piccola. Non te lo dice tua madre? Perché non vai in casa anche tu?»

Rosa proruppe in un pianto acuto così evitai di rispondere. Mentre le guardavo ripartire spostandosi prima a destra e poi a sinistra udii commenti spietati sul mio aspetto e sul mio abbigliamento.

Sono in chiesa anche loro, oggi.

***

Non avevo ancora aperto del tutto gli occhi e udivo un tono allarmato provenire dalla televisione: «Dalla scorsa notte è guerra. Da poco più di diciotto ore Baghdad e tutto l'Iraq sono sotto le bombe e i missili delle forze americane, britanniche, dell'Arabia Saudita. Le ondate offensive si susseguono e la reazione irachena sembra inferiore alle previsioni. Israele non è ancora stato attaccato».

Gennaio era il mese più lungo e immobile dell'anno. Le nuvole erano strisce lunghe e nere, così pesanti d'acqua che sarebbe potuto piovere per una settimana intera. In una giornata di bel tempo il buio scendeva nel tardo pomeriggio, quando pioveva la casa era avvolta dalla penombra dopo pranzo. Il terreno era ghiacciato, le attività di svago, gratuite, che potevamo fare all'aperto erano inagibili.

Le mattine di gennaio erano tutte bianche. Il bianco soffice dei peli dei gatti che miagolano sui tetti di lamiera delle baracche che usiamo come capanni degli attrezzi per i nostri orti. Il bianco ghiacciato dei bucaneve che brillano coperti della brina che ha gelato nella notte. Il bianco caldo degli scalini di marmo della chiesa e della prima neve posata sulle montagne. Il bianco vellutato delle nuvole che corrono in cielo e il bianco scrostato e ruvido degli intonaci buttati male sulle nostre case. Il bianco di plastica delle sedie appoggiate fuori dalle porte, il bianco usato delle Fiat Uno parcheggiate storte, come abbandonate. Il bianco croccante del pane spezzato e gettato alle galline del cortile, il bianco inchiostrato delle pagine dei quotidiani aperti e usati per trasportare gli avanzi di cibo.

Quel 17 gennaio del 1991 sono stata l'ultima a svegliarsi, c'era una nebbia bianca e spessa che avvolgeva tutto.

Papà era uscito un paio di ore prima per iniziare il turno del mattino in fabbrica, mamma e Diana erano sedute al tavolo della colazione con gli occhi fissi sullo schermo. Indossavano ancora il pigiama, come me.

Sentivo un tepore casalingo nella nostra presenza, qui, insieme. Mi distraeva il suono proveniente dalla televisione, il rimbombare degli scarponi di uno squadrone militare nel deserto. Un cronista cercava di parlare afferrando la kefiah che, spostata dal vento, gli copriva la faccia, mentre decine di elicotteri sorvolavano un cielo rosso e grigio, in fiamme. Erano le sette del mattino, avevo tredici anni e udivo le parole: "Terza. Guerra. Mondiale".

Ora che sono solo una voce ricordo distintamente il brivido nella schiena, come goccia gelida, l'immediato collegamento alle guerre mondiali raccontate dai nonni, alla fame, agli stenti, alla miseria.

Le vie deserte di Baghdad mostravano posti di blocco, accampamenti di soldati in assetto da guerra a fianco di cumuli di mitragliatrici, pronte all'uso.

Il giornalista commentava: «Più di diciottomila tonnellate di alto esplosivo e di bombe dirompenti e teleguidate sono state sganciate sui bersagli», scorrevano le immagini della corazzata americana Wisconsin che lanciava missili con un terribile carico di esplosivo. La portata storica della notizia era evidente. Non sapevo come reagire e guardavo mia madre.

La guerra, esplosa nella notte, dopo mesi di negoziati, stava accadendo sullo schermo della televisione di casa nostra. Mia madre aveva uno sguardo spaventato e incredulo. La guerra sembrava irreale, come se stessimo guardando un film.

Osservavamo le immagini e ascoltavamo le descrizioni crude dei massacri, e sentivamo brividi di paura percorrerci la schiena.

«Vado a prepararmi.» Pronunciava la frase con tono solenne ogni volta che usciva di casa, ma colsi una nota di determinazione che non le avevo mai sentito.

«È guerra, è un massacro, il cielo è in fiamme, la gente è nei rifugi.» Cambiavo canale, per assicurarmi che non si trattasse di un film o di una notizia sbagliata.

Il corrispondente dall'Arabia Saudita si mostrava in tv con una maschera antigas annunciando: «Le possibilità di un attacco vanno aumentando con il passare delle ore».

«Qui non è più un'esercitazione: il pericolo è reale. Le moschee mandano in onda le preghiere degli imam a ripetizione, un attacco è possibile in qualunque momento. Linea allo studio.» Si sentiva la sirena dell'allarme in sottofondo.

Cambiai di nuovo canale, si udivano grida.

«Anche se non ci hanno bombardato questa notte, Gerusalemme ha l'aspetto di una città fantasma. I cittadini rispettano l'ordine di non uscire di casa, quei pochi che lo fanno o sono giornalisti o sono impegnati negli aiuti civili. Tutti girano con la maschera antigas a tracolla.»

Un altro canale mostrava la cartina dell'Iraq, sorvolata da missili a volo radente, fitti come stelle, intrecciati a linee geometriche che disegnano traiettorie così vicine che non si distinguono i nomi delle città.

Cambiando ancora, assistevamo in diretta a diciottomila tonnellate di esplosivo scaricate sull'Iraq, una cifra superiore alla bomba di Hiroshima, che i giornalisti chiamavano operazione "Tempesta nel deserto". Dopo qualche minuto, il presidente iracheno, Saddam Hussein, si mostrava mentre stringeva le mani di una folla festante, nonostante le perdite gravissime inflitte al suo esercito e alle rampe missilistiche che hanno costituito il primo bersaglio delle bombe teleguidate.

Era passata solo mezz'ora dalla sveglia.

«Sbrigatevi, oggi niente scuola» annunciava mia madre marciando in soggiorno completamente vestita e pronta a uscire, «dobbiamo andare a fare la spesa».

Il telegiornale informava che i medici sono richiamati negli ospedali, le scuole erano chiuse, ai giornalisti era vietato fare riprese televisive, i voli aerei erano stati annullati.

«Cosa?» un mormorio confuso uscì dalla bocca di Diana.

«Oggi niente scuola, non vedi cosa sta succedendo?»

«Ma le scuole sono chiuse in Iraq, non qui!»

Mentre mia sorella si rifiutava di uscire di casa, ero già corsa a prepararmi. Come potevo perdermi l'occasione di fare un giro?

Mia madre voleva arrivare presto, me ne accorgevo da come premeva sull'acceleratore in direzione di uno dei supermercati più grandi del nostro paese. Il parcheggio era quasi pieno, fatto molto strano per un giovedì mattina di inizio gennaio. Camminavamo a passo spedito e saltavamo tutte le corsie di frutta e verdura, fino alla corsia di legumi e carne in scatola.

«Mamma, ma cosa compri?»

«Roba che duri» sospirò iniziando a riempire il carrello.

Tutti avevano visto il telegiornale, si erano allarmati, come noi, e stavano entrando nel supermercato per fare scorte.

«Dividiamoci: io vado a prendere farina e carta igienica, tu vai a prendere tre pacchi di zucchero, quello che costa meno.»

Una piccola folla si era raccolta intorno allo scaffale dove due donne litigavano su alcuni pacchi di zucchero cercando di decidere chi aveva la precedenza. Senza dare nell'occhio mi chinai e ne presi uno.

Mi tornarono alla mente le immagini viste alla tv: persone che indossavano la maschera antigas, le strade vuote e il coprifuoco. La guerra era uscita dalle notizie del telegiornale e, in poche ore, aveva iniziato ad abitare le nostre vite.

«C'era solo questo.»

«Meglio di niente.»

La guerra del Golfo durò tutto il mese successivo, ne seguivamo gli sviluppi telegiornale dopo telegiornale, fino a che a fine febbraio Saddam Hussein, accerchiato da trentaquattro nazioni, cadde. Noi continuammo a mangiare fagioli e ceci in scatola fino alla fine della primavera.

Chissà se i fantasmi possono rubare pacchi di zucchero, in caso di emergenza.

Gli altri

Trascorrevo interminabili ore da sola e sentivo un'angoscia che mi pungeva, come un sassolino che calzavo notte e giorno. Avevo l'urgenza di alleviare l'angoscia e non sapevo come fare.

A volte fissavo i morti sul muro e chiedevo aiuto, convinta che potessero, in qualche modo, sentirmi. Mi osservavano immobili, cristallizzati nelle storie delle loro vite piene di sogni infranti e carichi di rabbia delle imprese incompiute. Mi sembrava che nei pozzi neri dei loro occhi ci fossero delle preghiere contraddittorie.

Mi domandavo se parte del dolore che provavo non fosse un'eredità indesiderata, un dolore muto, tramandato generazione dopo generazione, fino a qualcuno che lo sapesse ascoltare, vedere e, chissà, sciogliere. L'ultimo frutto dell'albero, io, in quel periodo cercava solo una scappatoia al dolore, possibilmente rapida e divertente.

Una mattina come tante, sull'autobus che mi portava a scuola, fissavo i campi che scorrevano uno dopo l'altro, fingendo di non essere impegnata a origliare le conversazioni delle compagne.

«Cosa mi devo mettere?» chiedeva una ragazza con la frangetta e un cardigan rosa alla vicina di posto, Cinzia, l'unica della nostra classe a cui erano già spuntate le forme.

«Jeans e una camicia aperta.»

«Ma tu ti trucchi?»

«Poco, solo la matita sugli occhi.»

«E con tua madre come fai?»

«Mi trucco fuori, con lo specchietto, mica se ne accorge.»

Cinzia fece spallucce e tirò fuori il walkman, infilò le cuffie e fece scattare il tasto del play isolandosi e muovendosi leggermente a destra e a sinistra. La ragazza con la frangetta fece altrettanto e ognuna si immerse nel ritmo incalzante della musica dance. Venti anni dopo la febbre del sabato sera, si era diffusa tra i giovani degli anni Novanta la febbre della disco dance. Ascoltavamo tutti quel tipo di musica, sparato alto nelle orecchie con le cuffiette, e sognavamo di ballare.

Oggi che sono solo una voce, ricordo cosa significava essere un corpo grazie a quella musica.

Alla fine delle lezioni, mi affiancai a Cinzia, diretta a prendere l'autobus del ritorno. Mentre si accendeva una sigaretta notai lo smalto nero sulle unghie lunghe. Mi diede un'occhiata.

«Come è andare a ballare?»

«Divertente.»

«Ma è sicuro?» chiesi, timorosa di cacciarmi in qualche guaio.

«Devi scoprire tu stessa cosa si nasconde all'interno di quelle mura.»

Tirava lunghe boccate di fumo e sembrava così sicura di sé.

«Sono sempre tornata a casa, quindi sì, direi che è sicuro.»

Forse fu perché era ormai venerdì pomeriggio e mi

aspettavano ore di noia e solitudine che, senza riflettere, buttai fuori: «Posso venire anche io?».

«Boh, se insisti…» Esaminò con un'occhiata i miei vestiti e non proferì parola, come se avessi passato un esame. «Ma tua sorella no, è troppo noiosa» aggiunse e poi mi diede un'altra lunga occhiata, per vedere la mia reazione.

A quel punto mi sentii abbastanza sicura da affermare: «Ci vediamo domenica alle quattro là fuori».

Con un gesto di saluto Cinzia si infilò di nuovo le cuffiette e accelerando il passo salì sull'autobus, io mi avviai a casa a piedi, volevo camminare per assaporare la novità.

I miei genitori mi avevano vietato di andare in discoteca, più per quello che poteva pensare la gente che non per la mia incolumità. Tutti i divieti che avevo rispettato fino ad allora mi sembravano irreali, sentivo una morsa di rabbia stringermi lo stomaco, ricordandoli.

Saluta sempre per prima con buongiorno e buonasera, alzati in piedi quando qualcuno più anziano di te entra in una stanza, accogli il bacio umido che ti vuole dare l'anziana di paese, dissimula nell'abbraccio dei corpi vecchi degli amici dei tuoi genitori, taci, metti la gonna sotto al ginocchio, non mostrare le spalle, non mostrare le braccia, non commentare, sorridi, non interessarti alle cose dei grandi, parla meno, quanto parli, stai un po' zitta, non esprimere opinioni politiche, anzi in pubblico, non esprimere opinioni, e se proprio devi dire qualcosa, possibilmente sii d'accordo con chi è più potente di te.

Queste regole mi erano state tramandate dalle generazioni precedenti a quella dei miei genitori, avevamo assorbito la deferenza delle classi sociali senza potere: genuflettiti, abbassa il capo, saluta, ringrazia, piega le spalle, curva la schiena, osserva le punte delle scarpe.

E avevamo assorbito l'umiltà delle donne che non possono permettersi nemici, né tra gli uomini né tra le donne. Sorridi senza mostrare i denti, lega i capelli, truccati poco, stai seduta, sorridi, torna a casa dopo la scuola, taci.

Avevo fatto tutto quello che mi era stato detto e non era servito. Al supermercato del paese, per pochi spiccioli, comprai un rossetto e una matita nera con lo specchietto. Li infilai nello zaino continuando a snocciolare tra me e me regole e divieti, come grani di un rosario.

La domenica pomeriggio, dopo aver indossato quel che mi aveva suggerito Cinzia, jeans e una camicia a quadri lasciata aperta, dissi ai miei genitori che andavo a trovare i nonni. Mi salutarono con la mano, senza scollare gli occhi dal televisore. Mia sorella studiava in camera, non si accorse nemmeno che ero uscita. Più facile di così.

Appena girato l'angolo estrassi lo specchietto e mi passai il rossetto sulla bocca. La discoteca era proprio in fondo al paese, dove quattro strade si incrociavano sotto a un semaforo penzolante.

L'Italia viveva una nuova febbre del sabato sera, folle di ragazzi volevano ballare la musica dance al ritmo della notte. Le discoteche si erano pian piano diffuse in tutta Italia e, un paio di anni prima, un imprenditore originario del paese ne aveva aperta una proprio qui. Era stata progettata come un grande cubo senza finestre cui si accedeva attraverso un lungo tunnel di cemento.

Era soprannominata "l'Astronave", e si andava lì alla domenica pomeriggio, quando le famiglie riposavano e tutti i negozi erano chiusi. Cinzia e i suoi fratelli erano all'angolo della strada, feci un cenno con la mano e aumentai il passo per unirmi a loro.

«Ciao.»

«Ah, sei venuta» mi salutò Cinzia. «Stai bene così» indicando la mia bocca con il dito.

Indossava una maglietta a maniche corte aderente, che metteva in risalto il seno. Ai piedi avevamo tutti le scarpe da ginnastica. I suoi fratelli mi diedero una rapida occhiata, come a registrare la mia presenza e poi tornarono a scherzare tra loro.

«Vedrai che roba» mormorò Cinzia, ridacchiando e accendendosi una sigaretta.

Di lì a poco eravamo in fila, all'entrata. Si sentiva la musica che proveniva dall'interno, un pulsare ritmico e la voce del dj che gridava qualcosa. La fila davanti a noi scorreva e il mio cuore batteva sempre più forte.

La gente in fila chiacchierava, fumava, rideva. Il buttafuori faceva un cenno con due dita indicando quando era il momento di entrare. Le persone si avvicinavano al tunnel e scomparivano, come inghiottite da un essere di cemento.

«Posso andarmene in qualsiasi momento, vero?» dissi.

Cinzia mi strinse una mano ma mi strattonò in avanti, mormorando: «Non fare la cacasotto».

Entrare nel tunnel era come calarsi in un pozzo buio, c'era un breve momento in cui l'oscurità era totale e mancava l'aria. Passare dalla luce dorata del pomeriggio alla penombra della discoteca era straniante, sembrava davvero di essere nel ventre di un cetaceo. La luce acida dei neon viola, verdi e blu pulsava sui muri e sul pavimento. Attraversando il tunnel si lasciavano i rumori della strada, le macchine, i clacson, per calarsi nella pancia buia e calda di una balena che vibrava al ritmo sostenuto della musica.

Bisognava fare attenzione a dove si mettevano i piedi. Il volume della musica era così alto che il pavimento vibrava e i muri palpitavano. Il caldo era infernale. Un odore acre di sudore e birra proveniva da una folla di corpi ammassati e seminudi che si muovevano al centro della pista. Le persone erano percorse da una corrente elettrica, omeostatica, invisibile e presente. Danzavano come pesci in un acquario. Le ragazze sui cubi sembravano creature aliene, con i corpi vibranti illuminati dai neon di verde e blu elettrico.

Cinzia mi prese per mano e muovendosi a spintoni riuscì a raggiungere un punto della pista dove c'era abbastanza spazio. Mi lasciò la mano, chiuse gli occhi e iniziò a ballare alzando le braccia sopra alla testa e ondeggiando. Mi guardai intorno. Mani pulsanti, braccia come tentacoli, teste vibranti, ero circondata. Si muovevano, persi in un altro mondo, illuminati a pezzi dal neon. Lenta, osservando le reazioni delle persone intorno a me, danzai. La folla iniziò un coro, chiusi gli occhi e mi lasciai trascinare dalla musica martellante. Il dj, un ragazzo tatuato e con gli occhiali da sole, lanciò un urlo. Ci girammo verso la consolle come fossimo un unico organismo, urlando e muovendoci. Muovere il corpo in mezzo a una folla di corpi, sentirsi vivi, non c'era bisogno di altro.

L'incontro

Diventammo amiche. L'avevo presentata ai miei genitori e a Diana. L'idea era stata di Cinzia, che aveva intuito che avevo bisogno di una scusa migliore per trascorrere fuori tutte le domeniche.

«La cosa migliore è dire la verità: digli che vieni a ballare con me e i miei fratelli.» Funzionò.

Mia sorella invece, quando Cinzia uscì di casa, mi raggiunse in bagno per parlarmi.

«Birilla.»

«Mmh…» avevo in bocca una forcina e stavo cercando di tirarmi su i capelli come avevo visto fare in tv.

«Cinzia mi sembra una sciocchina tutta concentrata su come appare…»

«Ma no, è una ragazza divertente.»

«Non l'hai mai considerata prima, ora la trovi divertente.»

«Perché prima non mi interessava andare in discoteca.»

«Ma cosa c'è di divertente nel chiudersi in un posto affollato, pieno di gente che si ubriaca e puzza?»

«E cosa c'è di divertente nello stare sdraiate a letto a leggere tutto il giorno?» mi girai di scatto a guardarla.

«Non farmi l'occhiata.»

«Non ti ho fatto l'occhiata.»

Era lo sguardo fulmineo che la nostra gatta ci faceva quando, da bambine, le tiravamo piano la coda, per vedere la sua reazione infastidita. Lei girava la testa di scatto, ci fulminava con un lungo sguardo, poi tornava seduta alla posizione precedente. Era il primo livello di avvertimento. Se continuavamo, la gatta emetteva un miagolio lungo e basso e poi tornava seduta. Il suono era il secondo livello. Se insistevamo oltre, tirandole la coda, allungava la zampa e graffiava. Al terzo livello scattava il conflitto.

«Sì, me l'hai fatta.» disse Diana. «Birilla, mi dispiace, vorrei dirti che è una buona amica e che vi divertirete tanto in discoteca, ma sai che ho ragione e non ne uscirà niente di buono.»

L'occhiata serviva a non far scattare il litigio. La usavamo tra noi per contenere il numero degli scontri e andare d'accordo.

«Diana, sei noiosa come i tuoi libri, lasciami stare» e salutandola con la mano chiusi la porta del bagno. Livello due, emettere un suono e tornare alla posizione precedente, sola in bagno.

Non volevamo litigare e non ne parlammo più.

***

I fratelli di Cinzia dopo le medie avevano iniziato a lavorare in un'officina meccanica e, al contrario nostro, avevano soldi da spendere. Ci offrivano sempre sigarette e birra. La birra non mi piacque, ma iniziai a fumare e a mettere un po' di trucco anche per andare a scuola.

Le settimane trascorrevano lente, aspettando il momento in cui sarei potuta di nuovo entrare nel tunnel, passavamo gli intervalli tra noi a parlare delle persone che popolavano la discoteca. Domenica dopo domenica iniziai a salutare il buttafuori, poi il barista. Infine, anche il dj mi faceva un cenno quando incrociavamo gli sguardi mentre ballavo. A volte incontravamo uno della stessa scuola o che frequentava il campo sportivo. Ci scambiavamo brevi cenni, a significare che ci eravamo visti e riconosciuti, ma non ci rivolgevamo la parola. Quando eri sulla pista, in mezzo ai corpi che si muovevano, e incrociavi qualcuno, non era mai la stessa persona che conoscevi nella vita normale.

In quel periodo, Cinzia si era fissata che si voleva fidanzare. «Questo è basso, questo è brutto, questo sembra più giovane di noi, quello è troppo grande» commentava appoggiata a una colonna della discoteca, guardando quelli che entravano.

Si era stancata dei baci rubati e delle storie che duravano un pomeriggio, così ci fermavamo subito dopo l'ingresso per poter esaminare, parzialmente nascoste da una colonna, ogni ragazzo che entrava. Quando qualcuno incontrava il suo gusto si lanciava e lo andava a conoscere.

Sorrideva e si presentava con sfacciata semplicità: «Ciao, mi chiamo Cinzia».

Erano tempi fisici, in cui i corpi parlavano come cartine geografiche da decifrare. Oggi che sono morta me ne rendo conto più che mai: il corpo giocava un ruolo potente, ma non lo sapevamo fino in fondo.

«Quanti anni hai?» le chiedevano circospetti.

«Diciassette» rispondeva sempre lei, che ne aveva a malapena tredici, sorridendo con le labbra truccate. Un po' perché aveva troppo rossetto e il seno grande, e lo metteva in evidenza con magliette aderenti, un po' perché era buio, non ci si vedeva bene, i ragazzi si presentavano, chiacchieravano e le rubavano baci appassionati al centro della pista.

Il fidanzato che lei desiderava tardava ad arrivare. Dopo qualche domenica di baci si scopriva sempre che erano impegnati con una ragazza che non frequentava le discoteche e li aspettava pazientemente a casa. Cinzia si risentiva e metteva il muso, ma in breve tempo si lanciava verso nuove conoscenze. Non le piaceva rimuginare sulle cose, andava sempre avanti. In questo assomigliava a Diana.

«E poi se i miei fratelli vedono che ci sto male iniziano a fare troppe domande.»

Mentre Cinzia era impegnata con i ragazzi, io ballavo in mezzo alla pista. Nessuno ballava in coppia, ci si muoveva da soli, al ritmo della musica. A volte sentivo il corpo pesante e vuoto, come se la solitudine che provavo si fosse trasformata all'improvviso in stanchezza, e fingevo di dover andare in bagno. L'atmosfera calda, fumosa, la penombra illuminata dai neon creavano strane ombre sui muri, sembrava che le persone indossassero delle maschere a forma di animale, sembrava di galleggiare nel sogno acido di uno sciamano.

Un pomeriggio, mentre camminavo a bordo pista fingendo di recarmi al bagno, mi imbattei in un ragazzo alto, appoggiato con una sola spalla a una colonna. Mi prese il polso, con delicatezza. Indossava un giubbotto di pelle nera, jeans e una maglietta bianca, e mi sorrideva, tirando le labbra in una riga orizzontale, senza scoprire i denti.

«Ciao.» Osservando i capelli neri, con un ciuffo sulla fronte affilato dal gel, tirai il polso verso di me, ma lui non lo lasciò, mi guardava fisso. Spararono il fumo.

«Ciao» ripeté, «mi chiamo Paolo, tu?».

Con gli occhi annebbiati, risposi e decisi del mio destino. «Giulia.»

«Quanti anni hai?»

«Tredici.»

«Io ne ho venti.»

Illuminato dai neon, Paolo sembrava un attore del cinema.

«Dove vivi?»

«In un paese qua vicino» disse sventolando la mano in direzione delle montagne. «Tu?»

«Sono di qui.»

«Lo sanno i tuoi che sei in discoteca?»

«Sì, certo.»

«Vuoi ballare?»

«Sì.»

Nessuno dei ragazzi della mia età mi avrebbe mai invitato a ballare, la richiesta l'aveva reso speciale ai miei occhi. Avvolti dal vibrato assordante ballammo uno di fronte all'altro e ridemmo molto facendo dei movimenti a specchio. Dietro di me Cinzia era avvinghiata a un ragazzo biondo che la stava baciando. Era quasi l'ora di chiusura e il caldo era opprimente. Le cubiste ondeggiavano piano, senza metterci impegno, il dj si preparava al gran finale.

«Sono venuto con la macchina, vuoi vederla?»

Andammo fuori. Lui parlava dell'automobile, di casa sua, del paese in cui viveva. Mi rimbombava la testa per la musica e la stanchezza. Mi avevano insegnato che le ragazze docili sono piacevoli. Lo seguii in un angolo del parcheggio della discoteca.

«Sei proprio carina.»

Mi baciò tenendo una mano sulla mia nuca. Mi guidava contro la sua bocca, facendomi aprire le labbra per baciarmi in profondità. Ricordo che il bacio mi fece sentire a disagio.

«Be', è tardi, devo andare» mormorai.

Avevo ancora la musica nelle orecchie e mi sentivo stanca.

«Ci rivediamo?»

Il suo profumo mi rimase appiccicato alle dita. Lo sentivo nel naso. Era persistente.

«Io vengo sempre qui, la domenica.»

«Intendo se ci vediamo noi due…»

Mi stava chiedendo di uscire noi due, soli. Il mio cuore accelerò, ma non risposi. Notai che quando sorrideva non gli si illuminavano gli occhi. Scacciai l'idea dalla mia mente rimproverandomi per essere sempre così critica verso gli altri.

«Ma dove ti eri cacciata!» Cinzia mi piombò alle spalle, abbracciandomi. «È tardi, su! Andiamo.»

Guardò Paolo, mi prese la mano e mi trascinò con sé, impedendomi di rispondere. Iniziò a correre in direzione di casa mia, a perdifiato, gridando: «Sono innamorata!». Urlava e correva, piena di gioia.

«Ci vedremo anche la prossima settimana» mi disse eccitata.

«Sono felice per te. Anzi, ti invidio anche un po'.»

«Ma quello, invece, chi era?» buttò là accendendosi una sigaretta.

«Ah, nessuno.»

«Come nessuno?»

«È uno che ho conosciuto stasera.»

«E ti piace?»

«Forse.»

«Cosa intendi?»

«Mi ha chiesto di ballare e di uscire da soli e queste cose mi sono piaciute. Ma non sorride con gli occhi e il bacio che mi ha dato non mi è piaciuto molto.»

«Be', ma cosa ne sai tu di baci…»

«Eh, appunto, non ne so molto, mica come te che te li fai tutti…»

La punzecchiai ma pareva alla ricerca di un ricordo.

«Mi sembra che qualche tempo fa, prima che tu iniziassi a venire a ballare, fosse venuto a presentarsi anche a me, mi ha dato la mano ed era… umida. Che schifo!»

«Umida? Cosa vuol dire?»

«Sì, come se fosse stata sudata… Non so, non mi è piaciuto e l'ho rimbalzato.»

«Lo chiameremo "mano bagnata"!» strillai ridendo, e iniziai a correre.

Avevamo l'energia di chi non conta i giorni prima della fine.

***

Cinzia è venuta al mio funerale con il marito. Il vestito nero al ginocchio è aderente e ne sottolinea le forme, ha un'aria sensuale e misteriosa. Sono passati anni e innumerevoli fidanzati da quando andavamo a ballare, io sono morta, lei si è sposata. Tiene una mano in grembo e noto l'anello di fidanzamento e la fede. Mi viene da sorridere. Lui non è come me lo sarei immaginato, inizia già a perdere i capelli e ha un'aria di uno che lavora allo sportello di una banca, insomma sembra uno che non entrerebbe mai dentro al tunnel.

Piange, si copre la bocca con il fazzoletto, forse mi ricorda calda e sudata e pulsante di vita. Vorrei dirle "sono ancora più bella di te, la morte mi rende fredda e immobile e scintillante come una stella".

Un'amicizia

Le foglie rosse e gialle ammucchiate sui marciapiedi scrocchiavano al passaggio delle persone, turbinavano nel vento e avevano colorato i fianchi delle montagne. Le mattine iniziavano a essere rigide, l'estate si stava trasformando in autunno.

Sembrava un insetto secco e lungo, quelli che, a una prima occhiata, si possono scambiare per un bastoncino di legno. Alessio aveva la bellezza acerba dei nostri tredici anni, un ampio sorriso e qualche lentiggine sul naso. Indossava solo tute da ginnastica e scherzava volentieri quando ci vedevamo negli intervalli oppure tornando e andando a scuola. Mi faceva ridere e in sua presenza ero serena.

Quel pomeriggio, a casa sua, avevamo finto di non voler studiare, ma alla fine avevamo fatto quel che gli insegnanti ci avevano richiesto.

Avevamo chiacchierato di tutto. Gli avevo anche raccontato delle mie domeniche trascorse a ballare all'Astronave. Era curioso e gentile, ma non era interessato ad accompagnarmi, preferiva giocare a pallone con i suoi amici di sempre nel campo da calcio dell'oratorio. Quando stavamo andando via mi aveva dato una musicassetta: su un lato aveva inciso una canzone romantica, sull'altro aveva registrato una canzone che parlava di amicizia tra uomo e donna. «Quando deciderai, riportami la cassetta e fammi capire che lato hai scelto.»

Guardavo i morti appesi al muro e chiedevo consiglio su questo amore semplice e sereno. Le antenate mi fissavano mute, con le mani spellate dal troppo lavoro nei campi e gli occhi piegati dalla fatica. Si sposavano giovani, spesso con un vicino di casa, che conoscevano fin da quando erano bambine. Lavoravano nei campi come agricoltrici, vivevano analfabete e povere circondate dai numerosi figli partoriti tra i venti e i quarant'anni. Avevano fede perché erano altrimenti impotenti. Non conoscevano nient'altro, si sposavano, partorivano, lavoravano nei campi, come tutte. Vivevano in piccole comunità, dove il mondo era duro e semplice. Oggi che sono solo una voce, vedo meglio gli sforzi che ho fatto mentre cercavo di liberarmi per non vivere il loro stesso destino.

Un pomeriggio di ottobre ero all'oratorio con Alessio e i suoi amici, avevo tredici anni. Ero seduta sulle sue ginocchia, anche se non avevo ancora scelto se volevo un ragazzo o no. Ci stavamo conoscendo al di fuori della scuola, con un ritmo tutto nostro, come fossimo stati onde che accarezzano la riva e poi si ritirano e poi di nuovo si riversano a riva. Mi sentivo me stessa. Così era il nostro rapporto, ci guardavamo negli occhi a lungo, subito dopo parlavamo di insegnanti e di compiti e delle nostre famiglie. Stavamo diventando intimi. Un pomeriggio, come tanti, mi accompagnò a casa.

«Ciao, a domani.»

«Giulia.»

Quando mi girai sentii il calore del suo viso che sfiorava il mio. Sussurrò qualcosa sul mio profumo e mi baciò. Forse perché avevo appoggiato la schiena al vetro della finestra di casa, ma mi sembrò che il corpo di Alessio fosse caldo, asciutto e sicuro. Lo baciai di rimando. Il tempo scomparve, inghiottito dagli ultimi raggi di sole autunnale. Quando ci staccammo l'aria si condensava in leggere nuvole di fumo, eppure avevo le guance ardenti. Scappai in casa, senza proferire parola.

Alessio veniva da una famiglia decisamente più benestante della mia. Ero abbastanza intelligente da capire che c'era una differenza di classe e non era una cosa da poco. In paese, a volte, incontravo il padre di Alessio, l'avvocato Robetti. Salutava con un gesto della mano e un sorriso appena accennato, camminando svelto verso il tribunale. Indossava la giacca e la cravatta e aveva sempre un quotidiano sottobraccio.

Quando Alessio incontrava suo padre cambiava umore. Un giorno si era lasciato sfuggire che non avrebbe voluto seguirne le orme professionali e, allo stesso tempo, non voleva deluderlo. Io, per ricambiare la confidenza, gli raccontai di mia madre che parlava solo di soap opera e che aveva difficoltà a distinguere la realtà da quello che passavano i canali tv. Ne ridemmo leggeri ma mi lanciò una lunga occhiata.

«Cosa?»

«Anche tu non sai cosa dire alle altre ragazze.»

«Forse.»

«Ti vedo che sei impacciata a chiacchierare con loro.»

«Può darsi.»

Era iniziato per noi un periodo spensierato. Dissi a Cinzia che non mi andava di andare a ballare, mi stava passando la voglia. Lei annuì dubbiosa. La vicinanza di Alessio agiva su di me come uno sciroppo capace di sciogliere il garbuglio che avevo nello stomaco. Non avevo mai riso così tanto. Passavo con lui molti pomeriggi, boccate di aria fresca dall'oppressione di casa mia e dalla noia della scuola.

Un giorno andammo a passeggiare nel bosco dietro casa. Trovammo un picchio rimasto impigliato in un albero e lo liberammo.

«Credo che ci porterà fortuna.»

«Perché?»

«Abbiamo fatto una buona azione.»

Ero felice come non ero mai stata, facendo cose semplici che mi riempivano di gioia. Alessio sembrava sempre un insetto stecco dalle lunghe gambe e, ora che lo conoscevo meglio, potevo dirlo, aveva un grande cuore all'altezza del petto.

***

Un pomeriggio, mio padre, uscito prima dalla fabbrica, stava passando a piedi, fuori dal cortile dell'oratorio. Aveva i jeans bucati che metteva per andare al lavoro, le scarpe con la punta di ferro degli operai. Era coperto di polvere. Mi vide seduta sulle ginocchia di Alessio. Io incrociai il suo sguardo. Entrò come una furia nel cortile dell'oratorio. Mi fece scendere prendendomi per i capelli e mi diede delle sberle in testa, una dopo l'altra, senza proferire parola. Mi colpirono come una grandinata colpisce una pianta: danneggiando, senza spiegazioni. Avvenne una lotta muta e impari, come un combattimento tra un adulto e un cucciolo. Si sentiva il rumore delle percosse e piccoli guaiti di dolore. Poi ritirò le braccia lungo i fianchi, mi spinse e mi trascinò a casa, sotto gli occhi dei ragazzi immobili e ammutoliti. Mi mordevo il labbro per non piangere.

"La femmina è come una brocca, chi la rompe se la piglia", ripeteva mia madre a noi gemelle, a significare che avremmo dovuto sposare il primo ragazzo con cui avremmo avuto rapporti sessuali. Ci ripeteva che il principale valore della donna era la propria verginità, e così ci ripetevano a catechismo, e tra amiche eravamo abituate a puntare il dito e a giudicare le ragazze più libertine.

Una ragazza che in pubblico sta seduta sulle ginocchia di un ragazzo sta facendo il primo passo per diventare una che cede il proprio corpo facilmente, al primo venuto e a tutti gli altri, per cui non troverà mai qualcuno che la voglia sposare.

Quindi mio padre, picchiandomi in pubblico, aveva salvaguardato il mio onore di donna, aveva dimostrato che ero una brava ragazza, vergine e sposabile, e che lui era un bravo padre, che si adoperava per fare in modo che la figlia fosse una brocca intera, per soddisfare il futuro marito.

Ora che sono solo una voce sento il peso. Queste regole erano valide solo se eri una donna. Michele Giraudo aveva, infatti, da diversi anni, un'amante che frequentava di nascosto. Anche se cercavano di non farsi vedere, nei piccoli paesi non c'è molto che sfugga e tutti, tranne mia madre, sapevano che andava a letto con la postina del paese. La doppia morale, in quegli anni, funzionava benissimo.

Dopo le percosse, il silenzio tra me e mio padre diventò spesso come un muro che non tentavo più di scavalcare. Il sangue non è acqua, mi diceva mia madre, per farci riappacificare. Cercava di spiegarmi le motivazioni, intercedeva per lui, eppure il mio affetto si era congelato e non provavo più niente. Diana, arrabbiata, mi spiegava che dovevamo andarcene di lì. Secondo lei bastava cambiare città. Io però sapevo che non era così facile.

Gli antenati provarono a raccontare le lunghe radici, generazione dopo generazione, del grande che picchia il più piccolo. Sussurravano aneddoti, una storia nera, una storia di paura, in cui la violenza si travestiva da educazione. L'abuso del più forte usava una maschera potente, diceva: "Lo faccio per il tuo bene". Le antenate piangevano e raccontavano di bambini abortiti a calci, di bambini chiusi soli in stanze buie, di schiaffi e cinghiate. Ma quale bene. Era abuso. Non volevo ascoltare.

Osservavo le fotografie. I volti delle mie antenate mi insegnarono la parola rassegnazione: una donna non può vivere da sola, ha bisogno di un uomo accanto. Con questa convinzione cieca come la loro fede nel Signore, si facevano picchiare e tradire, rimanendo sempre a casa, a pulire e ad accudire, a sfornare figli e manicaretti, con le mani rosse e screpolate, la schiena curva, a camminare storte, cieche e sorde.

Avrei voluto che almeno una di loro si fosse ribellata, se ne fosse andata, avesse creduto in se stessa e nelle proprie capacità. Invece usavano la voce solo per pregare. Per me era una storia troppo dolorosa, tappai le orecchie, voltai le spalle, e per quanto mi chiamassero, non rivolsi più lo sguardo al muro. Lo superavo come una cieca, per conservare la speranza.

Alessio mi cercava. Mi aspettava di fronte alla classe, fuori da scuola, vicino a casa. Mi vergognavo per gli schiaffi presi in pubblico e cercavo di evitarlo. Mi sentivo colpevole, anche se non sapevo bene per cosa, e a disagio.

Passavo molto tempo in casa a nascondermi da quello che avrebbe potuto dire la gente. La tensione in casa formava nuvoloni scuri, gonfi di pioggia che stazionavano sul soffitto delle stanze, pronti a esplodere, ma i miei sembravano non accorgersene: mia madre guardava fissa la televisione, mia sorella leggeva suoi libri, mio padre non c'era mai. Che ironia, mi sentivo un fantasma: invisibile e inutile.

Il silenzio era il protagonista delle nostre giornate. Lo detestavo. Amplificava l'ansia che provavo e mi faceva diventare impacciata e nervosa, fino a scoppiare. La mia sensibilità era diversa, nessuno di loro sembrava farci caso. Provavo a chiacchierare ma, visto che nessuno mi rispondeva, se non a monosillabi, parlavo da sola. Per tutto il tempo in cui rimasi in vita non riuscii mai ad avere una conversazione autentica con i miei familiari. I vivi intorno a me erano muti come gli antenati sulla parete.

La domenica successiva mi mordevo un'unghia, mentre facevo la fila all'ingresso della discoteca. Sentivo un nodo chiudersi all'altezza dello stomaco. Non sapevo descrivere come stavo. Molti fatti si erano ingarbugliati come fili multicolore in una scatola del cucito. Si era creata una matassa così spessa e intricata che non era più possibile scioglierla. La solitudine e l'isolamento dai compagni della mia età, l'incomunicabilità con i miei genitori e mia sorella, fantasmi nella nostra stessa casa, la percezione di un clima di remissione da parte delle donne della mia famiglia, che sembravano suggerire che era quello che ci si aspettava anche da me, formavano un garbuglio inestricabile di sensazioni e fatti e umori, così duro e solido da esser reale.

Inoltre, c'era in me una voglia di liberarmi dell'infanzia, soprattutto da quella sensazione di impotenza per essere nelle mani degli adulti, di dover dipendere da loro per i miei bisogni e la mia felicità. Avevo un'impellenza interna di strillare con tutta la voce che avevo in corpo, un pungiglione emotivo che mi spingeva a volermi fare male.

Poi un'altra parte di me, stanca di essere considerata invisibile, di essere nata civetta in una famiglia di cavalli, né migliori né peggiori, ma diversi, aveva voglia di trovare altri come me, di appartenere a una famiglia dell'anima, che mi mostrasse quello che io non riuscivo a vedere da sola: le qualità di ciò che ero.

O forse avevo solo voglia di qualcuno che trascorresse davvero del tempo con me.

Mentre camminavo lungo il tunnel non capivo perché non ero contenta come mi sarei aspettata, anzi, la giornata aveva un sapore rassegnato e amaro e, mentre mordevo le pellicine ai lati delle unghie, cercando di capire come salvare il pomeriggio, me lo trovai davanti.

«Ma dov'eri finita?»

Mi sembrò che le parole fossero accompagnate da una nota allarmata. Mi voltai perché udii uno stridio come un acuto vociare d'uccello, ma forse era la nota d'attacco di una nuova canzone.

«Da dove sei apparso?» domandai, sembrava essersi materializzato all'improvviso.

Paolo, in piedi, mi fissava spostando le pupille da una parte all'altra del viso. La musica aveva ripreso a martellare.

Paolo appoggiò una mano sulla spalla guidandomi verso i divanetti frequentati dalle coppie che si baciavano.

«Vuoi qualcosa da bere?»

«No, grazie.»

«Ok, aspettami qui.»

Guardavo il ragazzo allontanarsi in direzione del bar mentre sedevo tranquilla, con le mani in grembo.

Per tutta la vita mia madre e mia nonna mi avevano ripetuto che le donne avevano bisogno di un marito per sopravvivere. Le donne da sole non potevano farcela. Mi avevano insegnato a sorridere ai complimenti non richiesti. A mostrarmi dolce e accondiscendente. A servire la cena prima a nostro padre e a nostro nonno, e a servirmi per ultima. Ricordai le numerose domeniche in cui cucinavamo e apparecchiavamo la tavola, mentre gli uomini – mio padre, mio nonno, i miei zii – stavano semplicemente seduti sul divano, a guardare la televisione nell'attesa di pranzare. Dopo pranzo, mentre noi sparecchiavamo, lavavamo i piatti, spazzavamo i pavimenti, gli uomini giocavano a carte, tra risate e bestemmie. Nel mondo da cui venivo, il divertimento era per i maschi e la fatica per le femmine.

Per me non c'era nulla di strano in un uomo che mi prendeva per una spalla e mi ordinava di sedermi su un divano ad aspettarlo. Avrei potuto definirlo protettivo. Tornò con un bicchiere in mano per se stesso e con una lattina di Coca-Cola per me. Si sedette di fronte, passandosi la mano nei capelli.

«Per un attimo ho pensato che te ne saresti andata.»

Bevve un sorso, guardandomi negli occhi. I suoi erano neri come il tunnel.

«Ma poi ho pensato no, non sei il tipo.»

«E da cosa…?»

«Non saprei, una sensazione.» Bevve e aggiunse: «Conosco molte ragazze, sai».

Era orgoglioso del suo aspetto, si vedeva dalla cura con cui sceglieva i vestiti e da come sistemava i capelli. Inarcai un sopracciglio e le mie labbra si stirarono in un sorriso: stava cercando di pavoneggiarsi.

«Cos'è, non ci credi?»

Lo sentivo un po' sulla difensiva. La sua bellezza era, in un certo senso, inquieta, e non si poteva contemplare in pace, ma solo avvertendo crescere una sensazione di stordimento; non piacevole come quando si beve e ci si sente leggermente sbronzi, rilassati e allegri, ma come quando si supera il confine e la sbronza diventa pesante e triste.

«E che lavoro fai?»

Si portò le mani a coppa davanti alla bocca sillabando qualcosa. La musica pompava in sottofondo.

«Eh? Non ti sento!»

Fece il gesto di sparare con le dita. Io scossi il capo. Mi indicò la porta e ci avviammo fuori, alla luce.

Il sole infuocato della sera aveva tinto le montagne di rosa. Guardavo il tramonto e gli porgevo il profilo.

Accarezzò il naso con l'indice.

«Sembri…»

Mi voltai, aspettandomi un complimento, ma passava e ripassava il dito sul setto nasale con un'espressione indecifrabile.

«Chi sembro?»

«Un'attrice.»

Stava mangiando una caramella, una di quelle rotonde e dure come sassi che si fanno rotolare da una parte all'altra della bocca, sotto la lingua.

«Quale?»

«Nessuna, tanto non sapresti di chi parlo.»

Mi trattava con condiscendenza, facendo leva sulla nostra differenza d'età. Un po' giocava all'uomo con la ragazzina, un po' credeva davvero che non sapessi nulla del mondo e che non avessi sperimentato niente. Aveva ragione, penso tra me e me, i confini del mio mondo erano la casa, la scuola, la mia famiglia e pochi amici, ma non intendevo dargliela vinta.

«Certo che conosco le attrici, vado spesso al cinema.»

«Perché non ci andiamo insieme in settimana?» buttò lì con un sorriso.

Oscillavo tra il desiderio di avere un ragazzo, il dubbio di volere un ragazzo come lui e la paura di non trovarne uno migliore.

«Ti porto a vedere un film appena uscito.»

Aveva una voce bassa e roca come non ne avevo mai sentite, sensuale e graffiante. Ero corpo e sangue, all'epoca, e dissi solo sì.

Paolo

Dopo il cinema iniziò ad aspettarmi quando uscivo da scuola. Alcune ragazze lo salutarono con un cenno della testa, lo conoscevano.

«Quella è la figlia del sindaco.»

«Sì, la conosco bene» mormorai ricordandomi dell'episodio degli occhiali, avvenuto anni prima.

«Non ti ricorda Biancaneve?»

«No, veramente no.»

Mi parlava di tutte le ragazze che aveva conosciuto, seduti nella sua macchina, commentando il loro aspetto fisico.

«Lei è Alice. Belle gambe.»

Inarcavo il sopracciglio aspettando che proseguisse.

«Siamo usciti insieme solo qualche volta. Non faceva proprio per me, è una persona troppo indipendente. Mentre quella» me la indicava «è Sara, è stata la mia ragazza».

«Ah, sì? E quando?»

«Un paio di anni fa.»

«E poi, cosa è successo?»

«Sai, le piaceva molto andare in giro in macchina e farsi vedere con uno più grande.»

«Sì, ma non mi hai detto cosa è successo.»

«Voleva uscire spesso, troppo.» Sorrideva, enigmatico, senza darmi le risposte che desideravo. Da quando avevo conosciuto Paolo avevo ricominciato a guardare il muro, in cerca di risposte. Gli antenati che interrogavo sussurravano di rapporti a volte combinati, di conoscenze nate da bambini, con persone cresciute porta a porta, da famiglie che condividevano credenze e valori. Parlavano di matrimoni in giovane età, una sfilza di figli. Lavori umili, legami indissolubili, vite semplici. Non avevo aiuti, nemmeno dall'aldilà, per capire cosa stava succedendo tra noi e se potevo fidarmi di lui.

Diana si accorse che frequentavo Paolo quasi subito e, neanche a dirlo, mi fece sapere che disapprovava.

«Uno di vent'anni che ci prova con le ragazzine di tredici? Ma dai.»

«Dice che è innamorato di me.»

«Birilla, e se lo dicesse a tutte?»

«Tutte chi?»

«Tutte, lo vediamo sempre salutare mezza scuola…»

«È il mio ragazzo, vuole stare con me» ripetevo civettuola passandomi il rossetto sulle labbra. «E io voglio stare con lui.»

Lo dicevo ad alta voce così da sentire come suonava.

«Non mi sembra una grande scelta.» Mi lanciava l'occhiata e aggiungeva: «E non mi sembri così sicura di voler davvero stare con lui, forse ti piace l'idea di avere un ragazzo».

«Ma la vuoi piantare?» mi innervosivo, perché le parole pungevano.

«E so anche chi te l'ha messa in testa, quella cretina di Cinzia, che pensa solo a fidanzarsi da quando le sono arrivate le mestruazioni.»

«Signorina so tutto io, intanto è facile dirmi come mi dovrei comportare senza sperimentare niente súlla tua pelle, né ragazzi né amiche né divertimenti, è facile così.»

«Uffa Giulia, non è che mi devi attaccare perché ti dico che secondo me potresti trovare un ragazzo migliore.»

Ci lanciavamo occhiate fiammeggianti e tornavamo alle nostre occupazioni, come se avessimo duellato di scherma.

Ormai uscivo con Paolo da quasi un mese e oscillavo tra passione e repulsione. Non capivo davvero tutto quel che succedeva. Volevo sapere di più sul suo conto, ma lui mi diceva di non fare troppe domande. Mi veniva a prendere a scuola, seduti in macchina raccontava aneddoti su alcune ragazze, io diventavo gelosa. Volevo sentirmi dire che era innamorato di me e che voleva solo me. Prima mi provocava, mi faceva ingelosire e sentire insicura, poi mi baciava a lungo e mi diceva che mi amava, per fare pace. I suoi baci sapevano di menta e di gomme da masticare. Mi accompagnava a casa. Durante la notte, angosciata e infelice, pensavo di smettere di vederlo, poi lo incontravo di nuovo il giorno dopo. Non avrei mai ammesso che Diana aveva ragione.

«Ma che ne sai tu di ragazzi, che passi tutto il tempo a studiare?»

«Io studio perché voglio andarmene da questo buco di posto e non tornarci mai più. Non ho tempo per i ragazzi, adesso.»

***

Dopo un paio di settimane Paolo mi propose di uscire la sera. Non era semplice per me chiedere ai miei genitori il permesso. Per evitare un'ennesima litigata e un rifiuto aspettai che mia sorella si addormentasse e poi scappai dalla finestra. La notte era scura e fredda, aveva piovuto molto e il fiume ribolliva sotto i raggi della luna.

Eravamo in macchina, parcheggiata lungo la sponda. Avevamo abbassato i finestrini, il profilo delle montagne coperte della prima neve invernale brillava sotto i raggi della luna. Mi baciava lentamente.

«Non è una storia d'amore se non lo facciamo.»

Il fiume scorreva pieno e il frusciare delle fronde degli alberi accompagnava le parole di Paolo, leggere e suadenti come una vecchia canzone.

«Tutte le mie ex ragazze hanno fatto l'amore con me.»

Mi baciava l'orecchio e sospirava, mentre osservavo un punto in cui il letto del fiume curvava e le onde increspano la superficie dell'acqua.

«Ma tu» diceva muovendo le labbra sulla mia pelle, «sei molto più bella».

Al lato del fiume, i rami di una grande quercia oscillavano lenti e altalenanti come il mio desiderio. Mi staccavo dai baci per guardarlo negli occhi, muovendo rapida le pupille a destra e a sinistra, appoggiandogli le mani ai lati del viso. Più guardavo quegli occhi neri e fermi più mi confondevo.

«Ti desidero» mi diceva. «Quando l'avremo fatto sarai davvero mia.» Continuava ad accarezzarmi la schiena con la mano aperta. Sentivo freddo.

«Ti amo, nessuna è come te» sussurrava mentre con una mano slacciava il reggiseno.

Dentro di me si mescolavano sentimenti contrastanti

mentre la voce roca di Paolo continuava a mormorare baci e promesse che si alzavano lievi nell'aria.

«Sei bellissima» mi ripeteva togliendomi i vestiti. Mi sembrò di sentire un lamento in lontananza, come un pianto di donna lungo il fiume, ma la notte era silenziosa ed eravamo isolati, non pareva esserci nessuno. Le luci delle case intorno erano spente, le stelle punteggiavano il cielo.

«Ti amo, ti amo, ti amo…»

Scacciai i pensieri che stavano affiorando. Avrei voluto dire di no, ma non osavo. Avevo quell'esitazione delle bestie al macello, quando bloccate dalla paura puntano i piedi e bisogna tirarle per andare avanti, ma alla fine, con un paio di strattoni ben assestati, non impiegano molto a compiere il passo decisivo verso il proprio destino.

«Ti amo come non ho mai amato nessuna.»

Mi lasciavo trascinare e guidare da lui. Paolo aveva la voce di una montagna che frana e ascoltandola franavo con lei.

Persi la verginità. La mia prima volta aveva l'odore del fiume in piena sotto le montagne.

Mentre Paolo mi stava riaccompagnando a casa, la radio trasmetteva una canzone in cui una donna chiedeva a un uomo di non lasciarla e di ritornare da lei.

«Ma eri vergine?»

«Sì.»

«Strano, non hai perso sangue.»

Guardavo fuori dal finestrino dell'auto, sul fianco della montagna c'era un cimitero, si vedeva bene perché era l'unica parte ben illuminata, non riuscii a fare di meglio che sentirmi in colpa per averlo deluso.

***

Con la scusa dello studio la domenica pomeriggio successiva ero riuscita a rimanere a casa da sola evitando la puntata settimanale dai nonni. Avevo acceso la televisione. Una cinquantina di ragazze ballavano, schierate in file da dieci, cantando: «*Ma come è grande qui, ma com'è bello qui, ci piace troppo ma…*».

Alcune erano in costume da bagno, sedute ai lati di una piscina, muovevano la bocca in playback e le braccia sopra alla testa, mentre dietro di loro altre ragazze si tuffavano da uno scivolo. Alla fine della sigla un gruppo ristretto di giovani si staccò e prese il centro del palco. Erano vestite tutte uguali, con delle divise rosse, scollate, corte minigonne attillate, portavano i tacchi, avevano capelli lunghi e poco trucco. Si muovevano in sincrono, in una semplice coreografia, intonando una canzone leggera. Due bambine, di sette o otto anni, ballavano imitando i gesti delle più grandi e sorridevano alla telecamera. L'esposizione dei loro corpi innocenti, mescolati alla sensualità delle ragazze più grandi, era ripugnante, ma nessuno sembrava farci caso. Mentre osservavo come sorridevano alla telecamera, si passavano le mani tra i capelli e ridevano, suonò il campanello.

«Hai trovato subito?»

«Non è difficile.»

Si muoveva osservando con attenzione l'ambiente in cui ci trovavamo, poi si mise al centro della stanza, incrociando le braccia.

«Che devi dirmi?»

«No, niente, volevo sapere come stai.»

«Come mai vuoi sapere come sto, se sono almeno due mesi che non mi saluti nemmeno?»

«Lo so. Ma mi vergognavo, per quello che è successo.» Lo guardai negli occhi e proseguii: «Sai, con mio padre…».

«Un uomo di poche parole, direi.» Stirò le labbra in un sorriso e mi sembrò per un attimo di aver di nuovo a fianco l'Alessio che conoscevo. Mi era mancata la nostra intimità. Mi alzai in piedi e mi misi di fronte a lui.

«Pensavo che potremmo uscire ancora insieme, qualche volta.» L'atmosfera in casa cambiò, mi sembrò che ci fosse più freddo.

«Se non hai da fare» aggiunsi mordendomi un labbro. Il silenzio prolungato mi fece provare disagio.

«Tu smetti di parlarmi dall'oggi al domani. Non mi dai alcuna spiegazione di quello che è successo, inizi a uscire con un altro, che ti viene a prendere quasi ogni giorno a scuola, e poi improvvisamente mi inviti a casa tua per chiedermi… questo?»

Aveva un'espressione che non gli avevo mai visto e che non riuscivo a decifrare. Poi capii. Mi giudicava.

Ne avevamo parlato qualche volta, quando ci frequentavamo. La mia incapacità di esprimere i sentimenti che provavo, di comunicare con le altre persone, non gli piaceva, anzi, lo infastidiva. Il mio silenzio era figlio dell'atteggiamento primitivo che aveva spinto mio padre a picchiarmi davanti a tutti. Eravamo dei cavernicoli: grugnivamo agli altri componenti della famiglia, brandivamo la clava per far rispettare le leggi del branco. Mi strinsi nelle spalle. Facevo del mio meglio, nessuno mi aveva insegnato ad ascoltare, decodificare e a comunicare i miei sentimenti.

«Sto cercando di parlarne.»

«Sì, Giulia, ma prima dovresti chiedermi scusa per essere sparita da un giorno all'altro.»

«Ok. Scusa.»

«Pensavo che avremmo chiarito.»

«Sì, ti sto chiedendo scusa per essere sparita.»

«Ma perché?»

«Mi vergognavo per mio padre e...»

Il garbuglio di sensazioni premeva dentro, annodato e indicibile. Ero muta, non sapevo come esprimere quello che sentivo. Immaginai le mie antenate che si stringevano a me con compassione perché ne condividevo il destino. Lui mi fissò, in attesa. Cercai ancora le parole.

Alessio mi guardò e lentamente disse: «So che non sai fare meglio di così, ma per me non è abbastanza. Ho bisogno di capire meglio cosa ti sta succedendo».

Sentivo il dolore nelle sue parole ma anche una certa risoluzione.

«Non ti piacevo abbastanza?» Si fermò un attimo e sospirò. «Non mi hai mai restituito quella cassetta che ti avevo fatto: non hai mai scelto tra le due canzoni che ti avevo proposto.»

Alessio mi piaceva come l'acqua quando si ha sete. Come una strada tranquilla per passeggiare in piano. Non aveva, come Paolo, quel mistero che mi attraeva e mi respingeva allo stesso tempo.

«Perché non me lo dici adesso?»

Non seppi rispondere, rimasi a fissarlo per qualche minuto mentre lui mi guardava di rimando, stringendo le labbra.

«Mi dispiace molto» disse piano e uscì accostando delicatamente la porta alle spalle.

***

Alessio è venuto da solo al mio funerale. È ancora alto e magro come un insetto stecco. Ha un'espressione sinceramente addolorata. Negli anni ci siamo persi di vista: lui ha iniziato a frequentare la squadra di basket, poi ha finito il liceo, si è iscritto all'università. Studia Lettere, so che è riuscito a parlare con i genitori e a dirgli che non se la sentiva di studiare Giurisprudenza. Oggi, guardando la mia bara chiusa, penso alle strade che potevo percorrere. Se avessi scelto quella canzone, nella cassetta, che parlava di amore? Se avessi trovato il coraggio di lasciare Paolo? Come sarebbe stata la mia vita? Anche se ho voltato le spalle alle antenate, le porto nel sangue e nelle ossa e nessuna di noi è mai sfuggita al proprio destino.

***

Ti giuro, amore, un amore eterno. La tv era rimasta accesa, una ragazza cantava mentre le altre, sedute per terra, ondeggiavano col corpo a destra e a sinistra, trasformando il coro in un'onda umana, che ripeteva i versi della canzone. *Se non è amore me ne andrò all'inferno.* Mentre gli occhi mi si appannavano di lacrime e sentivo il petto bruciare di dolore, un mostro dalle mille teste ciondolanti cantava *T'appartengo ed io ci tengo, se prometto poi mantengo.*

Suonò il telefono e alzai la cornetta, cercando di ingoiare le lacrime.

«Pronto.»

«Non mi avevi detto che avresti avuto visite, oggi.»

«Paolo? Come hai avuto questo numero?»

«Bambolina, non mi piace quando menti. Ricordatelo.»

Click. Mi aveva attaccato il telefono in faccia. Dopo lo sbigottimento iniziale scrollai le spalle e tornai davanti alla televisione con un'inquietudine che mordeva.

Ti giuro, amore, un amore eterno. Se non è amore me ne andrò all'inferno.

Allora suonavano come parole d'amore.

Il lunedì, di Paolo non c'era traccia e, ancora offesa per la telefonata, tirai un sospiro di sollievo.

La mattinata trascorse veloce, tra lezioni e intervalli. Poco prima di mezzogiorno, stanca di ascoltare la professoressa Viglieni, chiesi di andare in bagno. Mentre mi attardavo per il corridoio, camminando lentamente e osservando il cortile della scuola, lo vidi con la schiena al muro di cinta.

Il ciuffo di capelli neri gli sfiorava il sopracciglio, teneva le braccia incrociate sul petto, si appoggiava con un piede al muro e aveva gli occhi puntati verso la scuola. Ci fissammo per un lungo secondo attraverso il vetro. Mi sentivo impotente. La porta scorrevole era di fronte a me. Mi domandai perché non fosse al lavoro, poi, gli andai incontro.

«Ciao.»

«Ciao, Paolo.»

Mi salutò freddamente e così mi avvicinai per baciarlo, lui, fulmineo, mi afferrò il braccio e lo torse dietro la schiena, strappandomi un urlo di dolore.

«Tu non ti devi permettere, hai capito?» sibilò a denti stretti.

«Mi fai male, piantala.»

«Stai zitta.»

Stringeva forte il polso e pungolandomi mi spingeva dietro a uno dei cespugli nel cortile della scuola.

«E se ti becco un'altra volta a incontrare un altro di nascosto, vedi.»

Aveva un tono affannato e sentivo che il suo odore era diventato pungente e acre per la rabbia. Prima di pensare, risposi con tono di sfida.

«Cosa vedo? Ma cosa vuoi fare?»

Aumentò la presa e mi obbligò a inginocchiarmi. Sentivo gli occhi pizzicare ma non piansi. Il cortile era vuoto, gli alunni e il personale scolastico erano nelle aule.

Eravamo coperti dall'arbusto.

«Bambolina, tu non mi devi mai sfidare» disse sillabando bene. «Hai capito?»

La rabbia mi montava nel petto.

«Io non ti ho sfidato» provai a protestare.

«Zitta. Non mi avevi detto che avresti incontrato il tuo amico a casa.»

«Io non ti devo dire niente. Non ho fatto niente di male.»

Scoppiai a piangere, ero spaventata e arrabbiata. Non appena lasciò il polso mi alzai, anche se avevo la vista annebbiata, presi a massaggiarmi il polso dolorante. Mi si parò davanti. Per un lungo momento piansi immobile, rigida, il viso in fiamme, confusa. Cambiò qualcosa nell'atmosfera tra noi, come quando smette di piovere e si avverte il silenzio. Si avvicinava e sentivo sul capo piccoli baci leggeri, come quelli che danno le madri ai bambini.

Mi baciava i capelli e sussurrava: «Bambolina, amore mio, non vedevo l'ora di vederti. Credevo di impazzire senza di te, pensavo mi avessi lasciato. Non farlo mai più, mai più, mai più».

Mi sentivo frastornata, mi pulsava la testa e le emozioni mi impedivano di essere lucida. Quando la sua bocca mi venne incontro aprii le labbra. Non appena mi accorsi che si era calmato dissi: «Devo tornare in classe, altrimenti chiameranno i miei genitori».

«Ci sentiamo dopo.»

Mi faceva male il polso. La paura e la rabbia si erano congelate in un grumo scuro. Avevo agito come un automa per allontanarmi da lui, indenne. Trascorsi il resto delle lezioni come se avessi abitato il corpo di un'altra persona. Rispondevo all'insegnante, scrivevo, facevo il compito assegnato come se fossi stata immersa in una foschia. A un certo punto chiesi di andare in bagno. Mi sedetti sul water prendendomi la testa tra le mani. È una caratteristica di tutti gli animali congelarsi immobili in attesa che passi il pericolo.

Quella stessa mattina, uscendo da scuola, vidi Paolo appoggiato alla macchina, intento a fumare, all'angolo della strada. Mi aveva aspettato. Andai verso di lui a passi lenti, oppressa.

«Questo è per te.»

«Cosa?»

Mi porse un pacchetto regalo che scartai con lentezza, pensando al da farsi. «Una piccola cosa, per te.»

Era un lettore CD, un aggeggio costoso e di ultima generazione. Era uno dei sogni tecnologici dell'epoca. Qualunque ragazza lo avrebbe voluto per poter ascoltare la musica ovunque e non solo allo stereo, a casa.

«Non posso accettare.»

«Perché?»

«È troppo.»

«Per te, niente è troppo.»

«E i miei cosa direbbero?»

«Digli che te l'ho regalato io.»

«Ma figurati.»

«Voglio farti anche un altro regalo. È una sorpresa.»

«Non voglio regali.»

Avanzò verso di me e mi abbracciò. Sussurrava all'orecchio e il calore del suo corpo mi scaldava, mentre il suo profumo penetrava in me, nel profondo.

«Scusami, amore mio, scusami. Ci tengo così tanto a te: l'idea di perderti mi fa impazzire. Accettalo, in nome dell'amore che provo per te.»

Indossava un profumo pungente e legnoso, che si mescolava alla particolare fragranza della sua pelle producendo una nota unica, che mi stordiva.

«Amore mio, accetta per favore, fallo per me…»

Mia sorella si avvicinò a noi, interrompendo l'abbraccio. Forse aveva immaginato qualcosa, forse fu un caso. Tra lei e Paolo c'era una fredda educazione: limitavano i contatti a brevi cenni di capo, saluti a mezza bocca e qualche parola scambiata senza troppa enfasi da una parte e dall'altra.

«Cosa succede?» disse con innocenza.

«Abbiamo deciso di stare insieme» rispose pronto lui. «E questo» disse porgendomi il lettore CD, «è un mio regalo per festeggiare».

Mia sorella spostò lo sguardo verso di me, lentamente. Vedeva nel mio viso i tratti rigidi di chi è sulle spine. Le sorrisi, nascondendo la scissione interna che provavo, e presi il pacchettino. Le campane suonavano, uno scampanare insistente e insolito. La mia vita è stata tutto un restare qua, dove mi indicavano.

***

«I ragazzi che si amano si baciano in piedi, contro le porte della notte, e i passanti che passano li segnano a dito, ma i ragazzi che si amano, non ci sono per nessuno...»

Con queste parole ci aveva accolto la professoressa d'italiano e storia, il primo anno di scuola media. Sonia Vallini era alla sua prima esperienza di insegnante: con noi ragazzi aveva l'entusiasmo di chi non è ancora stato toccato dalla fatica della quotidianità. Si infagottava in maglioni colorati, che indossava a strati, e li arricchiva con collane di perle, in stile etnico. Girava sempre con dei libri di poesia infilati nella borsa di tela, ogni tanto ne tirava fuori uno e leggeva qualche verso, a volte citava a memoria. Noi sghignazzavamo e, di nascosto, la prendevamo in giro, ma era l'unica professoressa in grado di lasciare un segno. Passava molto tempo con noi e si interessava alle nostre vicende.

Un giorno mi fermò in corridoio: «Non ci vai in gita?».

«No, prof.»

«Come mai?» mi chiedeva inquisitoria.

«Ah, non posso. I miei genitori, sa...»

«Ma se tua sorella si è iscritta per prima!» mi interruppe. «I vostri genitori fanno le preferenze? Non ci credo.»

Mi canzonava e provava a insistere per persuadermi a passare del tempo con i miei coetanei.

«Guarda che ti rimarrà il rimpianto per non essere andata: sono esperienze che si devono fare da ragazzi» diceva e intanto mi infilava in mano un modulo. «Sei ancora in tempo: va consegnato in segreteria con la firma dei genitori entro la fine della settimana.»

Scuotevo il capo dubbiosa ma accettavo il foglio dalla sua mano. Girandolo pensai, per un attimo, a come sarebbe stato andare in gita con i miei compagni di classe. Mi spuntava un sorriso.

«I fidanzati vanno e vengono, i ricordi restano» aggiungeva la Vallini.

«Perché non partecipi al nostro gruppo? Viene anche Diana, e ci sono ragazzi di altre classi. Leggiamo libri proibiti agli adolescenti, mica roba di scuola» provava a coinvolgermi.

«Ho già molti compiti, non sono brava come mia sorella, non ho molto tempo libero, ma grazie per averlo chiesto.»

La Vallini mi osservava con gli occhi velati da una domanda che non osava pormi.

«Se avessi bisogno di parlare con un adulto, io ci sono, Giulia, non lo dimenticare.»

«Grazie, prof. Non lo dimenticherò.» Ma sapevo che non avrei mai potuto raccontarle nulla. Non riuscivo ad ammettere a me stessa che avevo paura della reazione di Paolo.

***

Al funerale ho visto l'abbraccio tra Diana e la Vallini. La professoressa le ha preso le mani stringendole, e guardandola negli occhi ha detto qualcosa, con un moto affettuoso e intimo, appena prima di entrare in chiesa. Tra loro c'è affetto sincero, sono rimaste in contatto in tutti questi anni. Solo oggi, al mio funerale, mi rendo conto di quanta distanza c'era tra me e gli altri ragazzi, ero isolata e non me ne rendevo conto.

***

Paolo mi veniva a prendere a casa al mattino per accompagnarmi a scuola. In un primo momento pensavo fosse molto premuroso: potevo svegliarmi più tardi ed evitare di prendere l'autobus, sempre così affollato e maleodorante. In quelle attenzioni trovavo sollievo. Uscivo di casa e salivo in macchina, dove lo abbracciavo per augurargli buongiorno. Mi piaceva il calore della sua pelle e il sentore maschile che avvertivo per un attimo appena. Lui stirava appena la bocca per rispondere al mio saluto e metteva in moto. Per lui ero importante, pensavo, ma la nostra non era una relazione facile.

Per qualche motivo non era mai contento di come ero. Era geloso. Diventava scontroso e finivamo per litigare. Piano, senza esserne consapevole, avevo abbandonato il trucco, i pantaloni più aderenti, le magliette scollate, le gonne. Raccoglievo i capelli in una coda bassa, modesta. Volevo evitare gli scontri.

Per Paolo qualunque relazione non fosse la nostra era superflua e potenzialmente pericolosa. E se poi incontri qualcuno che ti piace a pallavolo? E se poi l'allenatore ti guarda le tette mentre schiacci? E se all'oratorio c'è qualcuno che ci prova? E se in discoteca un ubriaco ti tocca il sedere?

A causa dei continui litigi avevo pian piano smesso di frequentare gli amici di una vita e le compagne di classe non mi chiamavano più. Non andavo più a ballare con Cinzia e i suoi fratelli. Non giocavo più a pallavolo. Rifiutavo a priori gli inviti, inventando scuse.

Avevo sacrificato, senza esserne consapevole, il periodo della vita in cui ci si mette alla prova e, così facendo, si conosce se stessi. Insomma, avevo perso l'occasione di capire chi volevo essere da grande. Avevo spento una luce in me, avevo chiuso la bocca, in cambio di un'apparente serenità. La sua gelosia, illusoriamente, mi gratificava. Mi faceva pensare che fosse nel giusto: lui mi amava, per questo era geloso. In fondo, mia mamma, per tutte le persone del paese, era la Teresa del Michele Giraudo. Mia nonna era la Maria di Giovanni. Le donne erano una proprietà di un maschio dominante, il capo famiglia. Le donne citate negli articoli del nostro quotidiano locale erano senza cognome, senza professione, senza età, esseri muti, con un nome di battesimo associato al maschio che avevano sposato o al bambino che avevano partorito. Il maschio era geloso, nel senso di orgoglioso e fiero, della sua proprietà femminile. La esibiva in pubblico, ma allo stesso tempo la voleva tutta per sé. Era giusto che la custodisse e la difendesse. La società in cui vivevo mi incoraggiava a cercare un principe azzurro a cui appartenere, anche a costo di sacrificare se stesse.

***

Mentre la primavera avanzava, la relazione con Paolo continuava tra litigi per la sua gelosia e riappacificazioni appassionate, e mi faceva piombare in uno stato di perenne nervosismo. Lui voleva fidanzarsi. E con questo intendeva avere un rapporto esclusivo, dove poter accampare dei diritti sulla vita che facevo, in alleanza con i miei genitori. Lui era, a tratti, contento della nostra relazione e mi diceva di volermi sposare. Voleva una famiglia con me. Io frenavo, perché, dopo i primi mesi di conoscenza, avevo capito che non amava ciò che ero, ma amava l'idea di possedermi, nel corpo, nelle frequentazioni, nelle scelte che facevo e finanche nei pensieri e nelle emozioni.

Una sera, invece di aspettarmi fuori, era entrato in casa e si era presentato. Dopo qualche frase di circostanza, mia madre l'aveva invitato a sedersi al tavolo della cucina. Lei puliva i fagiolini per cena sopra al foglio di un quotidiano e guardava una soap opera. Mio padre era seduto col giornale aperto davanti e lo sguardo abbassato sui titoli. Paolo si era seduto e aveva chiesto le pagine dello sport. Trascorse il resto del tempo facendo domande educate e in un silenzio così familiare che ci volle davvero poco per accettarlo.

«Prima o poi doveva succedere» disse mia madre. Nella sua interpretazione della vita le madri di figlie femmine prima o poi conoscono i generi. Non le veniva in mente un'altra vita possibile.

***

Si avvicinavano gli esami di terza media e passavo diversi pomeriggi a studiare con mia sorella.

«Birilla, hai pensato a cosa fare, dopo?» mi chiedeva. Lei si era già iscritta a un liceo, in città, ed era entusiasta della piega che avrebbe preso la sua vita. Si era anche fatta aiutare dalla Vallini nella scelta, io nicchiavo.

«Non so. Non me la sento di studiare troppo, ma nemmeno di entrare subito nel mondo del lavoro.»

Non ero mai stata una grande studiosa, e spesso, nel nostro paese, le ragazze andavano a lavorare in fabbrica, dopo la scuola media. I miei genitori, però, erano

contrari e per me era un sollievo che non volessero farmi lavorare subito.

«Perché non fai una scuola professionale?»

«Potrei prendere un diploma da segretaria o qualcosa
del genere, no?»

Non mi appassionava niente e mi sentivo insicura e
sfiduciata, ma iniziai a informarmi.

***

Ci conoscevamo da sei mesi, ormai. Era sempre piuttosto evasivo sulla sua vita, mi aveva raccontato che viveva con sua madre, una vedova, e che non aveva altri
parenti. Il padre era tragicamente scomparso in un incidente sul lavoro: era caduto da un ponteggio ed era
morto sul colpo. Quando me ne aveva parlato mi era
sfuggito un gemito di raccapriccio e gli avevo espresso
la mia vicinanza, ma lui, con l'abituale freddezza, mi
aveva semplicemente detto che era troppo piccolo per
ricordarlo e che era cresciuto bene così, con la mamma.

Paolo aveva la terza media, conquistata a fatica per
mancanza di voglia di studiare e per una forte ansia che
a volte lo paralizzava e gli impediva di andare a scuola.
A quattordici anni aveva, quindi, iniziato a lavorare nei
cantieri edili dove conoscevano il padre, ma presto aveva lasciato perdere perché tutta quella fatica non faceva
per lui.

In seguito lavorò in un piccolo supermercato di paese caricando e scaricando le casse di cibo e sistemando
il magazzino. Ogni tanto soffriva di un malumore così
pesante che lo lasciava tramortito sul divano. Per i suoi
continui ritardi mattutini aveva litigato con il proprieta-

rio e se ne era andato, sbattendo la porta. Dopo qualche tempo, aveva trovato lavoro in un bar. Il suo bell'aspetto attirava le ragazze ma i suoi sbalzi d'umore crearono fin da subito qualche problema, tant'è che il padrone lo riprese diverse volte prima di smettere di rinnovargli il contratto.

Quando lo conobbi, Paolo frequentava una palestra di arti marziali e tecniche di difesa personale. Le numerose fabbriche presenti sul territorio assumevano personale di vigilanza per tutelarsi da furti. Si allenava da anni, aveva maturato la capacità di controllare la forza e, all'epoca, era giovane e disoccupato, così l'istruttore lo raccomandò a un istituto di vigilanza privata. Nel giro di poco tempo iniziò a lavorare. Passava le giornate in piantonamento di fronte a certe fabbriche ed era coinvolto in ronde e pattugliamenti, diurni e notturni. Da quel che avevo intuito, si trovava bene con i colleghi e la paga era buona. Aveva un contratto temporaneo e un giorno mi disse che sperava di essere confermato.

I colleghi erano come lui: ventenni, neoassunti e appassionati di combattimenti. Uscivano insieme ogni venerdì, mentre io rimanevo a casa, come sua richiesta. Quando parlavamo del mio futuro, mi suggeriva di lasciar perdere con gli studi e trovarmi un lavoro.

«È tua sorella quella nata con la testa per studiare, non tu» mi disse accendendosi una sigaretta. Mi sentivo capita. Mi informai per un corso da parrucchiera in una scuola professionale.

Gliene parlai in un momento di tranquillità. Avevamo fatto l'amore ed eravamo seduti in macchina, di fronte al fiume, lui con il braccio fuori dal finestrino, la sigaretta in mano. Io seduta di fianco, con la schiena appoggiata al finestrino, le ginocchia ripiegate sul sedile, le scarpe buttate sotto.

«Mi piacerebbe frequentare la scuola di parrucchiera.» Feci una pausa per valutare la sua reazione, ma lui fumava, tranquillo.

«Sì, be', credo mi piacerebbe. Sono già abbastanza brava ad acconciare i capelli. Penso di poter imparare, magari un giorno potrei addirittura avere un mio negozio.»

Stava in silenzio, tant'è che pensai che non mi avesse sentito. Stavo quasi ripetere ma qualcosa nel suo sguardo mi bloccò. Taceva e gli occhi scintillavano persi in qualche fantasia segreta.

«Basta che lavori e torni a casa.»

«Sì, certo.»

***

Trascorsero alcuni anni, posso dire i più sereni della mia vita: ero entrata in una rassicurante routine in cui ogni cosa sembrava aver trovato il suo posto. Frequentavo la scuola di parrucchiera, lui aveva il lavoro di guardia giurata. Uscivamo insieme quasi tutti i giorni, per qualche ora, e il sabato sera, per tutta la sera.

Paolo aveva sbalzi d'umore, gli accessi di rabbia si intervallano con un'improvvisa stanchezza che lo rendeva taciturno e svogliato. Il seme della tempesta non si era placato in lui, avevamo solo trovato un modo di funzionare. Un giorno, infastidito perché mi aveva visto parlare con un collega parrucchiere, mi prese il braccio e sganciò il piccolo orologio da polso che avevo ricevuto in regalo per il mio diploma. Mi guardò negli occhi e, senza proferire parola, portò il braccio dietro la testa e con violenza scagliò l'orologio con forza sull'asfalto. La cassa si aprì, il vetro si ruppe e le maglie del cinturino finirono sparpagliate per la strada.

I tratti del suo volto parevano cambiare, come sotto un influsso magico. Gli occhi si incupivano, le occhiaie sembravano più evidenti, le labbra serrate perdevano colore e l'espressione tesa lo invecchiava di parecchi anni. Mi ricordava le maschere tradizionali africane, lunghi volti cupi intagliati nel legno, con gli occhi vuoti e le bocche spalancate in un grido muto a mettere in fuga gli spiriti maligni.

Ammutolita, dopo un primo momento in cui sentii vorticare la testa, feci un bel respiro e mi chinai, raccolsi minuziosamente i pezzi, mentre lui respirava con la bocca aperta per far placare la rabbia. Succedevano cose che non avrei dovuto tollerare, ma avevo imparato a mettere il pilota automatico e a comportarmi come se nulla fosse accaduto, mantenendo la calma e il controllo mentre lui li perdeva.

Mentre raccoglievo i pezzi dell'orologio mi indirizzò un insulto. La parola si infilzò come una spada in un punto tenero di me e, così, mi infuriai. Non sapendo esprimere a parole come mi sentivo gli tempestai il petto di pugni e, cieca dalla rabbia, lo schiaffeggiai in pieno viso e poi, furente e per niente pentita, aspettai la sua reazione. Lui mi guardò e, ricordo, gli occhi si fecero come pozze scure. Non reagì.

«Scusami» mormorava, guardando a terra ancora infuriato. Le vere scuse sarebbero arrivate giorni dopo, quando la rabbia e l'adrenalina avrebbero lasciato spazio alla razionalità e poi alla tristezza.

Qualche giorno dopo mi portò in macchina in un punto panoramico e mi consegnò un pacchetto. Lo scartai e scoprii un altro orologio, più costoso del precedente. Sapevo che con il lavoro di guardia giurata non poteva permetterselo e che per lui quello era il modo di dirmi che ero più importante di ogni altra necessità materiale. Faceva debiti per compiacermi. Era il suo modo di dirmi che ci teneva, nonostante i suoi demoni.

Non volevo accettare il regalo, mi sembrava sbagliato e protestavo. Ma in vita nessuno ascolta il demone di un altro, riesco a vederlo più chiaramente ora. Il segreto era nei non detti, quel dito che mi posava sulle labbra per farmi tacere mentre mi metteva al polso il gioiello nuovo.

***

Spero che, chiusa nella bara, io non stia indossando quel dannato orologio. Lo portavo sempre, quando stavamo insieme.

Una sera, mentre lui leggeva il menu di un pub dove eravamo andati a passare una serata, risi e, per non far sì che se ne accorgesse, finsi di guardare l'ora. Paolo non sapeva leggere bene. Incespicava ed era lento. Mi scappò da ridere perché dimenticò una lettera e i "funghi fritti" del menù diventarono "funghi fitti", così immaginai un piatto dove i funghi crescevano uno vicino all'altro come alberi in una foresta e iniziai a ridacchiare.

A ripensarci oggi era una risata così stupida e innocente, ma Paolo si indispettì, tacque, e non parlò più.

Consumammo le nostre ordinazioni e uscimmo, molto prima del previsto. Era ancora silenzioso. Al parcheggio mi accompagnò alla portiera, pensai volesse fare un gesto di galanteria e aprirla per me, per fare pace del piccolo screzio.

Mentre mi giravo verso di lui, già predisposta a riappacificarmi, mi sferrò un pugno in pancia che mi lasciò dolorante e senza fiato.

«Così impari a prendermi per il culo» sibilò.

Salii in macchina come un automa, cercando di tenermi insieme, e appena mise in moto iniziai a gridare.

«Fermati, ferma la macchina. Fammi scendere!»

Lui inchiodò, senza dire una parola. Iniziai a camminare per la strada di campagna, buia, in direzione di casa, a quattro chilometri da lì. Sentii sbattere una portiera e udii i suoi passi dietro di me.

«Giulia.»

«Non volevo ridere di te, volevo ridere della parola *fitti*!» singhiozzai tra le lacrime. Provai a cercare di spiegare cosa mi aveva fatto ridere. Mi sentivo confusa, con la testa che rimbombava come mi accadeva sempre quando litigavamo. Mi misi in piedi, di fronte a lui. La luna piena illuminava il cielo nero e una nuvola lunga e bianca sembrava circondarla, come un anello. I mesi di tensione e violenza che avevo passato con lui mi tornarono su, come un rigurgito e, prima che potessi pensare, le parole mi uscirono di getto:

«Non ce la faccio più ad amarti».

Mi colpì dritta in viso, così forte che mi ruppe il naso.

«Cosa gli hai detto?»

Mia madre sosteneva che adesso che avevo un fidanzato, dovevo sposarlo. Era questione di tempo: avrei finito la scuola, trovato un lavoro e ci saremmo sposati. Era supportata dalle sue ave che, generazione dopo generazione, si erano sposate giovani e avevano figliato in questo modo. Per mia madre, senza matrimonio e figli la vita di una donna era alquanto inutile. «Siamo qui oggi grazie a loro» diceva pulendo le cornici.

Sposarsi con una persona come Paolo non era l'unico destino possibile, mi ripeteva mia sorella Diana. Lo credevo dentro di me, in segreto. Mi guardavo bene dal confidarlo a mia madre: per riuscire a sfuggire al mio destino dovevo fare come quando si pianta un seme nella terra: tacere, tenerlo al buio, nascosto dalle buone intenzioni di chi mi aveva messo al mondo.

Quando arrivai a casa dal pronto soccorso, col naso rotto e Paolo che mi accompagnava, muto, mia madre disse che parlavo troppo e a sproposito, e mio padre scosse la testa.

«Cosa diranno se ti fai vedere così?»

Il dottore aveva definito la frattura "non complicata": il setto nasale era integro, occorreva aspettare la guarigione. Si era formato un grosso livido e avevo un piccolo taglio, in cui il sangue si era rappreso fino a formare una macchia scura.

«Speriamo che questa sia la goccia che fa traboccare il vaso» mormorava Diana passandomi accanto.

«Cosa penserà la gente della nostra famiglia? E dell'educazione che ti ho dato?»

Dondolava la testa e arricciava le labbra in una smorfia di disappunto. La questione era vitale – se avessi ancora gli occhi e non fossi pura coscienza, li farei roteare verso il soffitto – e così i miei genitori avevano pensato di chiedere un certificato di malattia che potesse tenermi a casa dalla scuola professionale e dal tirocinio di parrucchiera fino a che non fossi completamente guarita.

Trascorsi la quarantena tra letto e divano in compagnia della tv perennemente accesa e dei miei pensieri.

Un giorno, uno degli interminabili giorni passati a letto, mi tornò un ricordo. Ero bambina e avevo accompagnato mia nonna al mercato. Mentre stavamo camminando sulla via del ritorno, si tastò la tasca ed ebbe un sussulto. «Ho perso la chiave di casa» disse, con apprensione. Iniziò a frugarsi in tasca, e poi guardò nella borsa, rovesciando la taschina interna. «Adesso il nonno mi picchia» mormorò appena, mentre setacciava il carrellino con la spesa, ma io la sentii. Le chiavi erano finite in un sacchetto, con la verdura. La nonna rise, alzando la chiave al cielo, e andammo a casa. Ogni volta che compiacevo il nonno per non scatenare la sua rabbia, come avevo imparato a fare, mi sentivo sconfitta. Se quella donna, anziana, saggia, che adoravo, taceva, accettava e subiva, come potevo io, piccola, insicura, giovane, sperare di avere un futuro migliore? Quando nel lungo periodo di convalescenza che trascorsi a casa passavo di fronte ai quadri dei parenti morti, le mie antenate, ritratte in piedi di fianco ai loro mariti, immobili nei loro vestiti grigi, mormoravano con gli occhi bassi che le percosse sono un affare di famiglia.

Paolo veniva a trovarmi. Io fissavo la tv, senza rivolgergli la parola. Mi toccava il braccio, cercava di darmi dei baci, mi scansavo. Stavo sempre sul chi vive, cercavo di interpretare i suoi silenzi e di cogliere i segnali anticipatori dei suoi sbalzi d'umore, senza successo. Lui era remissivo, parlava poco. Quando ricordavo cosa mi aveva fatto, non volevo più vederlo.

Un giorno fece recapitare a casa un mazzo di rose dal

fioraio, il biglietto diceva: *Tutti i giorni, l'uno nell'altra, fusi, per amore.* Non sentivo calore, avvertivo una morsa alla gola che mi impediva di respirare bene. Non ci siamo mai chiariti. Non c'era niente da chiarire: era il più forte che comanda e il più debole che si arrende, era una guerra ma io, allora, lo chiamavo ancora amore.

Il naso guarì completamente e tornai al tirocinio. Lo ricordo come un bel periodo. Quando i colleghi facevano una battuta, mi sorprendevo a muovere dei muscoli della faccia che non ricordavo di avere. Sto ridendo, pensavo un po' sorpresa, toccandomi la mascella. In quel periodo, non capitava spesso.

Le lezioni e il tirocinio, e poi l'esame, occupavano la maggior parte del tempo e alla sera ero così stanca che desideravo solo mettermi a letto. Ma non era per questo che ero triste, mi trascinavo perché ero sprofondata nel limbo scuro della codardia. Diventai parrucchiera superando brillantemente gli esami, i miei genitori comprarono una torta al cioccolato. Festeggiammo.

Non volevo più stare con Paolo. Diana l'aveva capito.

Il mattino, appena sveglia, rimuginavo tra me sulla fine della nostra storia, all'ora di pranzo ero agguerrita e mi sentivo in diritto di interrompere la relazione. A mano a mano che la luce del giorno scemava, perdevo forza, e, mentre le ombre della sera si allungavano, avevo paura di star sola, così, lo incontravo, ogni sera, dopo cena, mese dopo mese.

Cambiamenti

Erano trascorsi diversi anni da quando avevo conosciuto Paolo. Dopo il diploma avevo trovato lavoro in un negozio nel centro storico di una cittadina poco distante. Bijoux, un piccolo salone con centro estetico e parrucchiere, all'interno della via principale del centro storico, una via in pietra, piena di boutique di lusso, di caffè e vicina al tribunale, al comune e al teatro. La proprietaria, Elide Dossi, era stata la moglie di un giudice e, prima del divorzio, aveva frequentato come amica le signore eleganti della zona. Quando si era trovata sola aveva aperto il piccolo salone e il negozio era sempre affollato. Eravamo poche dipendenti, ma eravamo giovani e allegre, e ci piaceva che ci fosse sempre molto da fare.

Amavo la mia nuova condizione. Trascorrevo le pause a ridere e a bere caffè sul retro del negozio e mi sembrava quasi di avere delle amiche. Mi piaceva fare una piccola passeggiata per il centro storico prima o dopo il lavoro, guardare le vetrine. Quando sciacquavo la testa alle clienti alzavo gli occhi e amavo osservare il passeggio – avvocati dal passo spedito, diretti in tribunale, nonne con bambini per mano, amiche che guardavano i negozi tenendosi a braccetto, giovani coppie che facevano l'aperitivo nei dehors dei bar del centro – davanti alle vetrine. Lavoravo di buona lena e dopo un po' di tempo la signora Elide mi propose un contratto di apprendistato che accettai. Mi sentivo forte.

Decisi di raccogliere tutto il mio coraggio per lasciare Paolo.

***

Era stato più facile del previsto. Ricordo che io e Paolo andammo, come spesso accadeva, a fare un giro vicino al fiume e glielo dissi così, seduti su una panchina, mentre fumavamo.

«Se sei proprio sicura, va bene.»

Mi accompagnò a casa e quando mi salutò con un cenno della mano, senza scendere dalla macchina e senza sorridere, per la prima volta dopo molto tempo sentii allentarsi quella morsa che avevo allo stomaco, e mi sembrò di respirare meglio. Andai a dormire, fiduciosa che tutto sarebbe andato bene.

Per una settimana aspettai un messaggio di Paolo o una sua chiamata, ma non si fece mai sentire. Avevo ricominciato a dormire tranquilla e avevo una grande fiducia nel futuro. Sorridevo di più e tutti mi dicevano che sembravo più riposata.

***

Sant'Elmo si addobbava a festa per l'estate. Il piccolo borgo decorava i balconi delle case di pietra con vasi di fiori e le vie del paese si riempivano di mimi, trampolieri e sbandieratori pronti a esibirsi. Le bancarelle piene di dolci e ninnoli occupavano ogni piazzetta e le botteghe erano aperte fino a sera tardi. I bambini correvano schiamazzando per tutto il paese. Al centro della piazza principale c'era un grande palo cui avevano appeso fili di luci colorate che si allargavano in tutte le direzioni, come le braccia di una stella marina luccicante. Sotto al tendone luminoso c'erano panche e tavoli di legno, decorati con piccoli fiorellini bianchi e gialli. Ai lati dell'improvvisata sala da pranzo una piccola orchestra suonava e cantava, mentre al lato opposto un gruppo di cuochi cucinava a vista ogni pietanza.

Le colleghe mi invitarono alla festa dove potevamo assistere ai fuochi d'artificio che segnavano l'inizio dell'estate. Era dai tempi in cui ero una studentessa delle scuole medie e andavo a ballare con Cinzia che non mi capitava di uscire solo tra ragazze. Accettai volentieri: mi sentivo così libera.

Aspettavamo che scendesse la notte e iniziassero i famosi fuochi d'inizio estate. Ero allegra e mi stavo godendo la serata, quando mi sembrò che qualcuno mi fissasse. Mi guardai intorno e non vidi nessuno. I fuochi furono scoppiettanti e durarono molto a lungo. Trascorsi una bella serata, ridendo e parlando, non era un comportamento usuale per me.

Mentre camminavo verso la macchina ero di ottimo umore. Solo a una distanza ravvicinata notai che l'auto con cui ero arrivata, la vecchia Fiat di mio padre, sembrava essersi affossata. Erano state tagliate, intenzionalmente, tutte e quattro le gomme. Non mi ero sbagliata: qualcuno mi aveva seguito e spiato per tutta la sera e sapevo troppo bene chi era. Camminai fino al bar più vicino. Chiesi di usare il telefono, avvisai i miei genitori. Mi venne a prendere il marito di Moira, la vicina di casa, con il carro attrezzi. Quando rientrai i miei genitori erano particolarmente delusi, quella era l'unica macchina di casa.

Mi sentivo come una falena impotente che sbatte contro una finestra chiusa.

***

«Arrivo subito, signora!» esclamai mentre spingevo un carrellino con il necessario per la tinta. Avevo ripreso la mia routine e mi muovevo ormai con disinvoltura nel salone. Avevamo due grandi vetrate che affacciavano sul corso. Mentre mi stavo avvicinando alla cliente sentii un brivido. Paolo era in piedi fuori dal negozio, con le braccia conserte e lo sguardo fisso su di me.

Lo ignorai continuando a lavorare. Speravo, ingenuamente, che si sarebbe stancato. Si appoggiò al muro di fronte con una gamba alzata, e accese una sigaretta, in attesa. Il ciuffo di capelli neri gli copriva parzialmente un occhio. Non andava via e quindi gli andai incontro di malavoglia, avrei preferito che la signora Elide e le colleghe non lo vedessero.

«Cosa vuoi?» lo incalzai, con rabbia.

«Volevo solo vederti. Sapere come stavi.»

«Sto benissimo, ora vattene, sto lavorando e non posso perdere tempo con te.»

Lui sorrise, ma senza rispondere. Si fissava la punta di una scarpa.

«Mi hai seguito fino a Sant'Elmo e mi hai bucato le gomme» dissi.

«Bambolina, non mi piace vederti in giro, mentre ti diverti.»

«Tu non dovevi proprio seguirmi. Non dovevi danneggiare la mia macchina!»

Iniziai a urlare tutta la mia rabbia. I passanti ci guardavano di sottecchi aumentando il passo, una collega era uscita ad accompagnare una cliente, fissava sgranando gli occhi.

«Perché vuoi uscire con quelle ragazze e non con me? Non capisco.»

Paolo non sembrava essersi accorto del trambusto che stavamo provocando.

«Perché la nostra storia non funzionava? Io ti amo.»

Gli tremava il labbro. La titolare del negozio ci osservava da dietro al vetro. Presi la mano del mio ex ragazzo e lo condussi in una via laterale.

«Bambolina, io ti amo. Perché non mi vuoi più?»

Parlai con calma ripetendo che gli volevo bene, ma non volevo stare con lui. Cercavo di convincerlo che i confini che avevo messo fossero i migliori per noi.

Lui annuì, ma nei mesi seguenti lo trovai quasi ogni giorno davanti al negozio.

Paolo mi seguiva, non solo al salone. Lo trovavo appostato dietro casa. Lo trovavo la domenica fuori dalla cascina dei nonni, parcheggiato in macchina. Lo trovavo seduto sulla sua auto fuori dalla pizzeria in cui andavo con le colleghe. Fuori dal bar in cui bevevamo il caffè. Fuori dalla farmacia, dallo studio medico, dal veterinario, dalla stazione dell'autobus. Era ovunque fossi.

Iniziai ad avere paura.

Manteneva le distanze, ma voleva essere certo che io sapessi che lui c'era. Trovavo il mio nome scritto con le bombolette spray sui muri dei nostri vicini. Trovavo ritagli di giornale nella cassetta delle lettere: fiori, cioccolatini, baci di dama.

Uscivo pochissimo, solo per cose strettamente necessarie.

Non succedeva niente, e Diana, in quel periodo, sosteneva che dovevo essere più decisa.

«D., me lo trovo ovunque!»

«Digli di andarsene, no?»

«La fai facile tu...»

Provavo a esprimerle la mia paura ma le parole mi morivano in gola e alla fine mi canzonava.

«Sei una birilla!»

Sorridevo, ma vivevo una tensione continua, che nessuno capiva davvero, nemmeno la mia gemella. Paolo passava in salone quando non c'ero e lasciava qualche volta lettere, altre volte mazzi di fiori. Le colleghe si erano appassionate alla nostra storia. Cercavano di convincermi a perdonarlo, per loro era innamorato e faceva tentativi per riconquistarmi. Io pregavo gli antenati che incontrasse un'altra ragazza e smettesse di rompermi l'anima.

Un mattino si presentò alla fermata dell'autobus, salì, si mise nel sedile dietro il mio, non proferì parola per tutto il viaggio. Quel giorno portavo i capelli legati con la coda di cavallo. Mentre l'autobus curvava sentii una leggera tiratina di capelli, ma non ci feci molto caso. Paolo scese con me, camminando due passi dietro fino a che io non entrai da Bijoux e lui si appostò fuori.

Una ragazza che avevo intravisto sull'autobus entrò in negozio. Rimase un attimo sulla soglia, cercandomi con lo sguardo. Quando capì che ero io, si avvicinò.

«Buongiorno, ha un appuntamento?» le dissi tutta sorridente, pensando fosse una cliente.

Senza proferire parola aprì una mano mostrandomi una ciocca di capelli, biondi e lisci. Il mio sorriso si spense. Riconobbi il biondo mio e di Diana. Un colore caldo e pieno. La ragazza aveva in mano una ciocca dei miei capelli.

Guardandola meglio mi accorsi che era bianca in volto e tremava, come se avesse assistito a un incidente stradale.

«Lui te li ha tagliati mentre eravamo sull'autobus» sussurrò, fissandomi come timorosa della mia reazione. Mi coprii la bocca con la mano, per nascondere il mio sconcerto.

«Io ero dietro di voi, ho visto che tirava fuori un paio di forbici e tagliava. Mi sono accorta che tu non sospettavi nulla e ho pensato di dirtelo.»

Le colleghe e la signora Elide si erano avvicinate, incuriosite dalla scena. Ero ammutolita. Il cuore martellava in petto, la ragazza continuava a tenere la mano aperta, con la ciocca dei miei capelli.

«Chi glieli ha tagliati?» chiese la signora Elide, guardando la ciocca.

«Un ragazzo alto, con un ciuffo di capelli davanti agli occhi» rispose.

«Mmh, sarà mica Paolo, il tuo ex?» mi chiese Elide e io annuii, in silenzio, con le guance rosse di vergogna.

«L'ho visto mentre eravamo sull'autobus e ho pensato di avvertirla, perché lei non se ne è accorta» ripeté la ragazza a mo' di spiegazione, e poi girandosi verso di me aggiunse: «Mi chiamo Sandra, lavoro qui in centro. Se avrai bisogno di me, non so, per una testimonianza, vieni in Comune, lavoro all'anagrafe, ci sono solo io, mi trovi facilmente».

«Grazie, Sandra, è stata molto gentile con la nostra Giulia» la ringraziò Elide.

Sandra aggiunse: «Scusami, Giulia, spero di non averti messo in imbarazzo, ma non mi sembra un atteggiamento normale. Fai attenzione!».

Sandra fece per porgermi la ciocca bionda ma visto che non riuscivo a prenderla, Elide allungò una mano, prese la ciocca di capelli e con un bel sorriso la congedò.

«Arrivederci Sandra, grazie ancora per l'aiuto. Tornerà da noi qualche volta a farsi una piega?»

«Volentieri, non conoscevo questo salone.»

«Sono Elide, la proprietaria» disse porgendole un bigliettino, «l'aspettiamo, è la benvenuta!».

Quando Sandra fu uscita, Elide gettò la ciocca per terra, una collega la scopò via, e mi disse: «Forza, non pensarci più, fai un bel respiro, vai a prendere un caffè al bar e torna in fretta che abbiamo il salone pieno».

Così feci.

Piano piano durante la giornata l'angoscia svanì, sostituita dall'energia del salone, dalla musica, dalle clienti che chiedevano la mia attenzione.

Quando alla sera presi l'autobus, mi batteva forte il cuore. Paolo però non c'era.

Al mio funerale sono venuti tutti i colleghi parrucchieri, sia quelli della scuola, sia i parrucchieri di Bijoux. Sono un unico gruppo, compatto, come quando a lezione iniziavamo a ridere e il professore doveva interrompersi, alzando gli occhi al cielo, o quando eravamo in salone e mettevamo la musica a palla.

Sono felice che siano qui, con loro ho passato momenti spensierati. La signora Elide piange lacrime sincere.

***

Ho ancora un po' di voce per raccontare. Alle dieci del lunedì mattina, il salone era chiuso, e io stavo facendo la spesa per tutta la famiglia – cioè per me, mia madre e mio padre, visto che mia sorella era andata a studiare fuori e viveva ospite da zia Filomena –, quando mi accorsi di essermi dimenticata qualcosa.

Feci dietro front con il carrello, entrai nella corsia e mi trovai davanti Paolo. Erano le dieci del mattino, lui era a quaranta chilometri da casa sua, senza nemmeno un cestello in mano.

Presi un barattolo di vetro, pieno di pesche sciroppate, e d'istinto glielo lanciai contro. Lui si scansò giusto in tempo.

«Perché fai così?» disse con un tono da cane bastonato.

«Non voglio più vederti.»

«Voglio solo starti accanto, sapere come stai» mi rispose.

Le sue parole suonarono bizzarre. Abbandonai il carrello pieno nella corsia del supermercato. Corsi fuori, in macchina. Lui mi seguì. Mia madre era a casa, mio padre al lavoro.

«Non voglio più vederti!» Gli intimai di andarsene per l'ennesima volta. I confini che mettevo erano trasparenti, lui ne rideva e faceva quel che voleva.

Quando lo incontravo non mi toccava e non mi rivolgeva nemmeno la parola. La sua costante presenza bastava a mettermi in allarme.

Quel giorno allungò una mano per accarezzarmi i capelli e mi scansai.

«Capisci che non ti voglio più vedere? Perché ignori le mie richieste?»

«Io ti amo, ti amo davvero. Forse sei ancora arrabbiata perché ti parlavo delle mie ex fidanzate?»

«No, Paolo, ascoltami, non voglio che ci frequentiamo.»

«Io lo dicevo solo per farti ingelosire. Tu sei sempre stata l'unica, lo sai.»

«Non mi stai ascoltando.»

Iniziai a sentirmi davvero inquieta, come una a cui vengono mostrati segni chiari di un alfabeto che non riesce a decifrare.

***

Trascorsero alcuni mesi in cui ero sempre in ansia. Il corpo si ricoprì di un'orticaria molto dolorosa: macchie rosse e rosa, in rilievo, che prudevano e pungevano come aghi sottili conficcati nella carne. Prima si irritarono le mani, poi il petto, la schiena e infine le braccia e il collo. Non riuscivo a stare seduta senza soffrire, anche indossare i vestiti era fonte di dolore. L'orticaria peggiorava quando lavoravo. La pelle delle mani diventava violacea, sotto i guanti, avevo un prurito incessante.

Facevo molte docce, per provare un momento di sollievo, e mia madre mi sgridava perché consumavo troppa acqua. Mio padre scuoteva la testa e non parlava. Avevo sentito Diana al telefono, sarebbe tornata a casa per il fine settimana e le chiesi di portarmi un gel all'aloe vera che mi avrebbe dato un po' di sollievo.

L'orticaria svaniva per qualche giorno e poi tornava,

più violenta di prima. Era come avere un fuoco sotto-pelle che non mi dava tregua. Consultai diversi medici ma la diagnosi era sempre la stessa. Sospettavo che il mio corpo stesse urlando di rabbia, si stava sfogando come io non riuscivo a fare a voce. Le cure classiche non funzionavano e, dopo qualche tempo, il dottore disse che ero diventata allergica all'ammoniaca contenuta nelle tinte per capelli. Cambiai dottore. Poi ne cambiai un altro. Poi un altro. Tutti dissero la stessa cosa. Dopo meno di un anno di lavoro, di indipendenza economica e di lievi amicizie che avevano addolcito la mia vita, fui costretta a dimettermi dal salone della signora Elide.

Presto arrivò il mio ultimo giorno di lavoro. Elide mi guardò negli occhi e mi abbracciò stretta. Anche se oggi sono solo una voce, ricordo quell'abbraccio, c'erano dentro ore laboriose e serene.

Fuori dalla porta del salone Paolo fumava appoggiato al muro, con uno scintillio negli occhi. L'orticaria conti-nuò a tormentarmi, apparendo e svanendo come sotto un influsso magico.

***

Da quando avevo dato le dimissioni passavo il tempo a casa e, se non ero sotto la doccia cercando di alleviare il dolore, rispondevo al telefono. Avevamo ancora un tele-fono fisso e grigio della SIP con la cornetta unita al rice-vitore da un filo arrotondato. Alcune famiglie avevano il cordless, noi ancora no. Altri, persone più benestanti e ricche, avevano dei grandi cellulari che estraevano dal-la borsa dandosi molte arie. Per rispondere sollevavano un'antenna e cercavano di capire se c'era campo, non si poteva chiamare dappertutto: non c'erano abbastanza ripetitori, antenne o chissà cosa.

Il telefono era appoggiato a un mobiletto all'ingresso: per rispondere bisognava alzarsi e andare a parlare là, in piedi. Per chiamare qualcuno si metteva il dito nei buchi in corrispondenza dei numeri che si volevano selezionare e si girava la rotella, un numero per volta. Telefonare era una cosa seria, e si faceva solo per le cose importanti, ma non in quei giorni.

Il telefono squillava con suono deciso, una volta.

Riiiing.

Mi alzavo dal divano per rispondere, ma poco dopo aveva già smesso. Allora mi sedevo di nuovo e dopo qualche minuto: *riiiing.*

Aspettavo.

Suonava ancora, ancora e ancora. Sollevavo la cornetta, dicevo "Pronto?" e dall'altra parte sentivo solo un respiro un po' affannato. Era lui, Paolo. Abbassavo la cornetta.

Chiamava dieci o venti volte al giorno. Stanca ed esasperata, gli urlavo contro, e passavamo il tempo a insultarci io in piedi, davanti al mobiletto dell'ingresso, con le spalle ai parenti morti e a mia madre che puliva la verdura mentre guardava soap opera alla tv, lui, nella sua casa a chilometri di distanza, seduto per terra con la schiena appoggiata al muro, fumando.

Buttavo giù, e lui mi richiamava.

Quando ero in casa da sola e Paolo chiamava, cercavo di capire cosa gli stesse succedendo.

«Perché mi chiami?»

«Bambolina» diceva strascicando le parole.

«Hai bevuto? È mattina.»

«Sì, perché tu non mi vuoi e io mi ubriaco. Per colpa tua mi hanno licenziato, non riesco più a uscire di casa, per colpa tua. Sei una cagna! Sei una puttana, bastarda, stronza...»

Perdevo la calma e iniziavo a urlare: «Non ti hanno licenziato per colpa mia! Non ti presentavi più al lavoro! Ti hanno licenziato per colpa tua che non ci andavi!».

L'orticaria pungeva e tirava e mordeva. Le mani, gonfie e rosse, facevano fatica ad afferrare la cornetta.

«Shh, shh, bambolina, ti amo tantissimo, ci sono io per te.» Ripeteva le parole che mi aveva detto quando mi ero aggrappata a lui, e mi sentivo confusa.

«Shh, shh, bambolina.»

«Perché non mi lasci in pace?»

«Shh, shh, amore mio, mi manchi.»

Staccavo il telefono e mi buttavo sul letto a dormire. Non appena mia madre si accorgeva del filo staccato lo rimetteva a posto e il telefono ricominciava a suonare.

Riiiing. Riiiing. Riiiing. Riiiing. Riiiing.

A volte, quando rispondevo sentivo una vecchia canzone che iniziava con il mio nome.

Giulia, oh mia cara
Ti prego, salvami tu
Tu che sei l'unica, mio amore
Non lasciarmi da solo in questa notte gelida, per favore.

Provavo a parlare con mia madre per convincerla a non attaccare più la spina, senza successo.

Con il corpo che bruciava e pulsava, senza più lo sfogo del lavoro e con Paolo che appariva e spariva spaventandomi a morte, ero sempre di malumore. Non potevo sedermi perché l'orticaria mi faceva male, e così camminavo, in casa, avanti e indietro.

Quando passavo davanti alla parete con i miei antenati morti stringevo le labbra.

Mi addormentavo alle prime luci dell'alba, dormivo fino a tardi, mi svegliavo all'una di pomeriggio e quando mi facevo il caffè mia madre diceva che dovevo reagire. Abbassavo la testa e sentivo che in qualche modo aveva ragione.

Una notte mi svegliai avvertendo un peso. Entrava aria gelida dalla finestra. Aprii completamente gli occhi.

Paolo era seduto ai piedi del letto, con le mani in grembo. Pensai a un sogno o a un'allucinazione.

«Cosa fai qui?» dissi senza essere sicura che fosse vero.

«Giulia. Mi manchi» mi sussurrò. L'odore dell'alcol mi colpì le narici. Non era un sogno. Era entrato dalla finestra, rompendola.

«Stiamo insieme, stanotte.»

Mi sentivo paralizzata. Non riuscivo a gridare.

Mio padre entrò in camera e iniziò a urlare. Aveva i capelli sollevati intorno alla testa come serpenti e una furia sul volto che lo rendeva irriconoscibile. Afferrò Paolo per un braccio e lo sbatté fuori dalla porta continuando a gridare fino a che non sentii le ruote della macchina sgommare sul ghiaino davanti a casa.

Al mattino andai per la prima volta dalla polizia.

Lo Stato

C'è anche Filicudi al mio funerale, un agente di polizia in carica nel nostro paesino. Un uomo corpulento, di una certa età, con la cintura dei pantaloni portata bassa, sotto alla pancia sporgente. Uno che, francamente, non avrebbe potuto acchiappare nemmeno i ragazzini che rubavano le mele al mercato per gioco.

Lo dico con l'ultima voce che ho.

Filicudi poteva compilare giusto i verbali. E solo quelli scritti con parole facili.

La prima volta che lo incontrai fu per sporgere denuncia contro Paolo, il giorno dopo che era entrato nella mia camera da letto, di notte. Ci andai da sola, ingenua.

La stazione di polizia del nostro paesino era ospitata in un vecchio edificio fatiscente. Ricordo la stanzetta beige, con una finestra con le grate, un brutto armadio a parete, e una piccola scrivania, dove mi accolsero due agenti. Quando mi sedetti sulla sedia di plastica dura uno dei due, forse proprio Filicudi, buttò fuori: «Signorina, cosa desidera?».

«Vorrei sporgere denuncia, agente» risposi di rimando.

«Si accomodi» mi invitò. Mi guardavano attenti, non erano abituati a vedere una donna in caserma, sola, venuta a sporgere denuncia.

Dopo aver sbrigato le solite formalità, che richiesero tutta la concentrazione di Filicudi, ascoltarono la mia storia.

Dissi, in breve, che il mio ex ragazzo non accettava la fine della nostra relazione e mi pedinava e che ultimamente era entrato nella mia proprietà, di notte, senza il mio permesso.

«Ha atteggiamenti violenti?»

«No, me lo trovo davanti, ovunque. Mi segue. Non posso vivere in pace.»

«L'ha mai aggredita?»

«Quando stavamo insieme mi ha rotto il naso.»

«Ma non sono successe cose simili da quando vi siete lasciati, vero?»

«No, agente, da quando ci siamo lasciati non sono successe.»

«E allora non possiamo fare niente.»

«Siamo con le mani legate» disse l'altro agente, «se ci scusa la battuta».

Si guardarono e risero. Io stavo seduta lì, serissima.

«Mi pedina ogni giorno. Me lo trovo davanti ovunque e lui non vive qui, ma in un paese a quaranta chilometri di distanza.»

L'orticaria pulsava, e mi prudevano le mani, e la schiena. Sentivo le gambe ardere ma feci un bel respiro.

«Ma è sicura che viene per lei?»

«Sì, quando m'incontra mi dice che vuole che torniamo insieme, non accetta che la nostra relazione sia finita.»

Gli agenti mi fissarono. Filicudi chiese: «Ma lei ha dei genitori? E perché oggi non si è fatta accompagnare? E suo padre cosa dice?».

L'orticaria bruciava sulla schiena e sulle cosce, la sedia della stazione di polizia sembrava un tizzone ardente sul quale ero obbligata a star seduta.

«I miei genitori sono al lavoro, non posso sporgere denuncia da sola?»

Filicudi mi tese la mano e disse, in tono fermo: «Lasci perdere la denuncia, signorina, provi a parlargli. È un uomo deluso dal suo rifiuto, cerchi di persuaderlo ad accettare la sua decisione. Voi donne avete delle tecniche…» e mi strizzò un occhio.

Scattai in piedi, umiliata dall'ammiccamento. Me ne andai senza stringergli la mano.

«Signorina, non siamo attrezzati. Non è colpa nostra.»

Mi sentivo umiliata. Per lo Stato la mia vita non contava nulla. A casa le antenate mi fissavano ostili, come se avessi tradito un patto femminile.

Filicudi e il compare, ma anche altri agenti, che incontrai nei quaranta tentativi di denuncia successivi, siedono in una panca laterale, oggi. Ben presenti al funerale, ma un po' defilati.

Qualche mese dopo, stanca di passare le giornate in casa, chiesi a mio padre di chiedere alla sua fabbrica se avevano bisogno di un'operaia. Prima mi guardò con sospetto, poi valutò il fatto che ormai stavo tutto il giorno buttata sul letto a vedere la televisione. Forse ci ripensò anche per non darla vinta a Paolo che continuava a tormentarmi con telefonate e appostamenti.

«Ti faccio sapere.» Non mi sembrava convinto ma, quando tornò, mi disse che c'era un posto per me.

Iniziai i turni. Il lavoro non era complicato, mi avevano messo al controllo qualità di alcuni maglioni che la ditta produceva conto terzi. Dovevo rilevare eventuali imperfezioni sui capi. Non c'erano sostanze chimiche che potessero peggiorare la mia orticaria. Alcune spiegazioni semplici della caporeparto mi indirizzarono sulla strada giusta e nel giro di poche settimane superai il periodo di prova, così fui assunta.

Quel lavoro meccanico e ripetitivo mi dava sollievo.

Tutti gli operai della fabbrica e la caporeparto sono seduti nelle prime file della chiesa, oggi, al mio funerale. Sono quasi cinquanta persone, hanno portato anche le famiglie, e la corona di fiori che hanno deposto sulla mia bara è la più grande.

Paolo continuava a pedinarmi, e in fondo si sospettava fosse un po' per colpa mia. Nessuno capiva perché si comportasse così, sostenevano che dovevo essere io a gestirlo, perché la situazione era insopportabile.

Non sapendo cosa fare chiamai Piera, la madre di Paolo, che avevo incontrato diverse volte negli anni.

Al mio "Pronto, Piera?" scoppiò in un pianto sconsolato e parlò senza interrompersi: «Giulia, che piacere che mi hai chiamato. Aiutalo ti prego, ha smesso di lavorare, non riesce a dormire, è sempre molto agitato, ho dovuto chiamare il medico che gli fa delle punture per calmarlo. Dicono che ha l'esaurimento nervoso. Non so proprio cosa fare. Per favore, Giulia, parlaci tu, fallo ragionare tu. Io sono sola, lo sai».

Anche se non avevo la confidenza necessaria, volevo raccontarle cosa mi stava facendo passare il figlio, ma la voce non mi usciva.

«Piera, ci provo, ma non so cosa fare nemmeno io.»

Mi sentii sommergere dal senso di colpa, come se

averlo lasciato avesse fatto peggiorare il suo comportamento. Non riuscivo a esprimermi.

«Lo so che ti telefona troppe volte, glielo dico di non farlo, ma non serve, non mi ascolta mai. Poi beve troppo e mi tira dietro gli oggetti. Ruba i soldi dai miei cassetti e questo mese non so come pagare l'affitto.»

Piangeva e si mangiava le parole.

«Mi dispiace.»

«Quando stava con te almeno lavorava, ero serena, mi sembrava che sarebbe andato tutto bene, pensavo vi sareste sposati e che ormai non ci fossero più i problemi della sua infanzia. Sai, Paolo ha tanto sofferto da bambino, ha bisogno di una donna che si prenda cura di lui.»

L'orticaria si era risvegliata e iniziai a grattarmi furiosamente una mano. Dovevo dire qualcosa.

«Piera, lo sai che ha spaccato una finestra di casa mia per entrare, di notte? Lo sai che ha tagliato quattro gomme della macchina di mio padre? Che mi pedina dappertutto?»

«Giulia...» piangeva.

«L'ho denunciato.»

«Non so cosa dire... tu hai ragione, ma lui...»

Restai in silenzio ad ascoltare Piera lamentarsi, fino a che lei riattaccò. Non ci sentimmo mai più.

Al mio funerale si trova dietro una colonna della chiesa, piangendo.

***

«Dobbiamo vederci e parlare solo noi due, per chiarire» mi disse Paolo, dopo la telefonata con Piera, forse su suggerimento della madre, una sera che rientravo dal turno in fabbrica. Era fuori dalla sua macchina.

«Puoi parlare qui.»

Mi fermai e lo guardai in faccia. Si era come assottigliato, aveva uno scintillio sinistro negli occhi e non si era fatto la barba. Per un attimo ebbi paura, ma decisi di ascoltarlo.

«Tu non mi vuoi più bene» disse con un tono lagnoso che non gli avevo mai sentito. «Non può esistere che tu, di punto in bianco, non vuoi più uscire con me e mi rifiuti. Io sono il tuo ragazzo e come tale voglio essere trattato.»

Sembravano parole che aveva ascoltato da qualcun altro – forse il medico? La madre? –, era come se si fosse studiato una parte a memoria.

«Non sei più il mio ragazzo, Paolo» sussurrai lentamente. «Non stiamo più insieme da quasi sei mesi.»

«Abbiamo avuto un problema, ma ora che stiamo finalmente parlando lo risolveremo.» Incrociò le braccia.

«Se il problema che abbiamo è che non siamo più fidanzati, non credo che potremmo mai risolverlo, perché io non voglio stare con te.»

«Sei sicura?»

«Sì.»

Mi fissò, finalmente attento alle mie parole. Era concentrato su quello che stavo dicendo.

«Io non voglio stare con te» ribadii con voce ferma. Il petto mi bruciava per l'orticaria.

«Tu sei mia» mi rispose serrando le labbra. Poi, in un'esplosione di rabbia, iniziò a urlarmi in faccia: «Sei mia! Sei mia, sei mia, sei mia, hai capito?»

Urlava e aveva un po' di bava bianca in un angolo

della bocca. Puzzava di sudore e di rabbia. «E se non mi vuoi ti ammazzo, troia!» continuò urlando.

In silenzio, entrai in casa, lasciandolo a urlare fuori dal cancello. Il mattino dopo sul muro di casa era apparsa una scritta fatta con la bomboletta spray *"Giulia Giraudo è una troia!"*.

Passai il pomeriggio a lavarla via, ripensando a quelle parole. Poi andai ancora alla polizia e di nuovo dissero che non si poteva fare niente.

Paolo, dopo quell'episodio, iniziò a chiamarmi al telefono di casa ancora più frequentemente, sia di giorno che di notte. Quando alzavo la cornetta sussurrava: «Me la pagherai» con voce strascicata. «Ti ammazzo, ti ammazzo!» Forse era l'alcol o le medicine che gli davano.

Altre volte, al mio "Pronto?" stanco non rispondeva nessuno, e lo sentivo piangere in sottofondo. Allora rimanevo in ascolto, dall'altro capo del telefono, in silenzio e sentivo balbettare: «Perché non mi vuoi, perché…».

Provavo a rispondere con pazienza, avevo riserve di pazienza infinite, quelle che hanno le persone deboli, che non hanno altre risorse. Un ricco è meno paziente di un povero, un forte è meno paziente di un debole. Io avevo tantissima pazienza.

«Gli amori si trasformano, cambiano e, a volte…» qui facevo una pausa, poi raccoglievo un coraggio sbrindellato e gli dicevo «a volte, finiscono». E, allora, iniziava a insultarmi: «Troia! Tu vuoi andare con un altro, ma sei mia, mia, ricordalo!».

Faticavo a riconoscere il ragazzo che avevo incontrato qualche anno prima, eppure, in qualche modo, era ancora lui.

Mi dicevo che in pochi anni non si può cambiare così tanto, mi ripetevo che in qualche modo forse era colpa mia. Ogni tanto crollavo e gli chiedevo scusa, senza sapere perché.

L'orticaria aveva aggredito il mio collo e il mio viso: ormai avevo chiazze rosse in rilievo su tutta la faccia. Non dormivo. Mi grattavo in continuazione e la pelle era piena di strisce rosse, sanguinolente. Continuavo a spalmare creme che non servivano a nulla. I morti dalla mia parete di casa tacevano, muti e impotenti. I miei genitori abbassavano lo sguardo quando incrociavano il mio. Mia sorella stava arrivando dalla città in cui lavorava, finalmente.

Parte 2

Diana

Denaro

Stavo leggendo sul divano, quando iniziò un programma chiamato *Cartolina*.

«Diana, metti giù il libro, inizia!» mi disse Giulia.

Il giornalista che conduceva il programma indirizzava la cartolina del giorno a un personaggio famoso. Io e Giulia lo guardavamo sempre insieme, era breve, durava appena cinque minuti d'orologio, ma denso di fatti. Ci incuriosiva e ne parlavamo spesso anche in altri momenti.

La puntata di quel febbraio del 1992 influenzò le mie scelte di vita. Il giornalista raccontava di un dirigente che aveva ricevuto una grande somma di denaro, una mazzetta insomma, per assegnare un appalto pubblico, ed era stato colto sul fatto.

L'imprenditore che doveva pagare la tangente per ottenere il lavoro, stanco delle continue richieste di denaro da parte della pubblica amministrazione, si era accordato con le forze dell'ordine. Durante l'incontro tra i due, dopo che la busta di carta piena di banconote segnate fu passata di mano in mano, i carabinieri fecero irruzione nello studio del dirigente e lui, per non farsi cogliere in flagrante, corse verso il bagno. Si chiuse dentro e strappando febbrilmente la carta gettò nel water molti milioni di lire.

La scena, raccontata senza immagini dalla televisione, colpì la mia fantasia: vedevo le banconote svolazzare mentre l'uomo scuoteva malamente la busta cercando di farle uscire tutte prima che i carabinieri sfondassero la porta del bagno. Sentivo il rumore dello sciacquone e i soldi giravano con il mulinello dell'acqua e scomparivano nello scarico, mentre il rumore dell'irruzione per sfondamento e le urla creavano un'atmosfera febbrile.

«Denaro, sterco del demonio» sospirava mia madre.

«Son tutti uguali» diceva mio padre.

«Sette milioni di lire!» esclamava Giulia. «Chi li ha mai visti…»

«Quanto ci avete messo a risparmiare sette milioni di lire per la casa, ma'?» domandavo. All'epoca erano una somma sfacciata.

Mia madre faceva un breve gesto con la mano come a significare che ci voleva tempo.

«Per far le cose ci vuole pazienza.»

Ma io pensavo e ripensavo a una cosa sola: in città c'era gente che aveva più soldi di quelli che si potevano spendere. C'era gente così ricca che poteva buttare milioni di lire nel water. C'erano fiumi di soldi sotterranei che venivano scambiati in continuazione. Chissà come sarebbe stato vivere la vita di chi non si doveva preoccupare dei soldi. Chissà se era possibile vivere una vita migliore della nostra. In città il denaro viaggiava veloce, era tanto e non del tutto pulito.

«A cosa pensi, D.?» mi disse Giulia, intuitiva come solo le gemelle sanno fare. «Ti scintillano gli occhi…»

«Pensavo a cosa farei se avessi tutti quei soldi.»

«Come farai mai tu ad accumulare soldi? Al massimo puoi sposarti uno ricco» mi disse mia sorella, aggiungendo, dopo una breve pausa: «Se lo trovi».

E concludeva con una strizzatina d'occhio: «E ho detto "se", D.!».

Era così mia sorella Giulia, prima di lui.

Sonia Vallini

«Diana, sabato c'è la presentazione di una scuola superiore, ci andiamo?» disse allungandomi un foglietto con nome e indirizzo.

La professoressa Sonia Vallini aveva notato che mi impegnavo molto e forse aveva notato che i miei genitori erano onesti e lavoratori, ma non riuscivano ad affiancarmi per aiutarmi a decidere del mio futuro.

«Come mai, prof.?»

«Presentano il piano di studi e potresti ricavare qualche informazione interessante per il tuo futuro.»

«Grazie, ne parlo con i miei genitori e le faccio sapere, va bene?»

«Io ci devo andare comunque, voglio parlare con la preside che è una mia cara amica. Vuoi venire a sentire?»

Giulia era sognatrice, io sono un tipo pratico. I sacrifici che facevano i nostri genitori erano evidenti – i soldi sempre contati, l'impossibilità di cambiare elettrodomestici o di avere degli svaghi, gli sport e i corsi di lingue che non potevamo fare. Studiavo e mi limitavo a impegnarmi e a trarre il massimo dalla realtà che ci circondava.

Dopo l'incontro con la mia mentore, studiavo con una nuova prospettiva, volevo frequentare una scuola con un potenziamento di informatica che mi avrebbe aiutato a inserirmi nel mondo del lavoro. Avrei cercato di convincere i miei genitori a lasciarmi studiare in città, e la prof. mi avrebbe aiutato. Avevo un desiderio feroce di indipendenza, di avere un progetto mio, al di fuori di quello che la società suggeriva. Vivevo per trovare la mia strada. Giulia, la mia gemella, era così presa da svaghi e ragazzi, eppure non era felice. Con la sua natura taciturna, romantica e sognatrice, era in balìa degli altri.

Pensavo fosse molto pericoloso, e, per come è andata, avevo ragione.

***

Studiare e impegnarmi più degli altri, con metodo e costanza, era l'unica variabile che potevo far vacillare a mio favore. Il resto, dove e da chi ero nata, le cerchie sociali che frequentavo, il paese in cui vivevo, non dipendeva da me.

Passavo davanti alla parete delle antenate sperando di lasciarmele alle spalle velocemente, e prendevo in giro Giulia, che le osservava con nostalgia.

«Birilla!» le dicevo tirandole una ciocca di capelli quando la trovavo a mormorare preghiere a mezza bocca di fronte alle fotografie.

«Ma smettila!»

Giulia aveva assorbito tutto e con la sua curiosità si era fatta raccontare da nostra madre e nostra nonna molti aneddoti.

«Ma smettila tu, vai a studiare piuttosto.»

«Studi abbastanza per tutte e due.» Puliva le cornici delle fotografie e mi mostrava la lingua.

In quei momenti ricordavo quando eravamo bambine, la nostra infanzia di gemelle nella casa di campagna dei nonni. Giocavamo insieme tutto il giorno ed eravamo inseparabili. "Dove sono le gemelline?" Quando gli adulti parlavano di noi, a quei tempi, ci identificavano come un'unità. "Hai visto le gemelle?"

Quando si era creata quella distanza tra noi? Forse quando mia sorella, evidentemente inquieta, aveva iniziato a uscire frequentando la discoteca locale. Ero sempre impegnata, oltre al programma scolastico studiavo inglese e ragioneria sui libri che mi aveva prestato la Vallini. Lo facevo perché la professoressa mi aveva detto che in città gli studenti erano più preparati e che molte famiglie facevano impartire ripetizioni private all'inizio delle superiori, e io sapevo che noi non avremmo potuto permettercelo, quindi dovevo pensarci da me.

Superati gli esami di terza media con ottimi voti, la Vallini parlò con i miei genitori e li convinse a farmi iscrivere alla scuola superiore. Avevamo una zia che viveva in città, una zitella che si lamentava sempre del costo della vita e che era disposta a farmi vivere con lei in cambio di un modesto affitto. Mi sentivo al settimo cielo.

«Giuli.»

«Mmh.»

«Vado a studiare via.»

Mi aveva abbracciato e mi aveva guardato a lungo negli occhi. «Te lo meriti.» Per poi scherzare subito dopo: «Sei la mia secchiona preferita».

«Mi mancherai.»

«Ma figurati, non ci vediamo quasi più! E poi ho Paolo adesso. Anzi, vado a chiamarlo, voglio dargli la bella notizia.»

Mi sembrava che anche Giulia stesse bene, perché aveva deciso di diventare parrucchiera, seguendo una sua antica passione. Inoltre, mi sembrava assestata la storia con Paolo, dopo un primo periodo un po' burrascoso. Se ripenso agli eventi passati, mi rendo conto che era quello che volevo vedere. C'erano già stati dei segnali.

***

«Ciao Diana.»

In un intervallo, mentre rimanevo con la testa china sui libri, un paio di compagne di classe vennero a parlarmi.

«Possiamo parlarti un attimo?»

Tolsi gli occhiali e le guardai, erano ragazze del nostro paese: Marta, Silvia e Alice. Le conoscevo da tempo.

«Ciao ragazze, che c'è? Sembrate reduci da un funerale.»

Invece di ridere, o almeno sorridere alla mia battuta, si scambiarono un'occhiata. Erano le bambine con cui, da piccola, avevo giocato in tutti gli intervalli a rincorrerci, a *Strega comanda colore!*, erano le bambine che apparivano vestite di bianco alla mia prima comunione, quando il fotografo ci aveva immortalato come un gruppo di sposine sugli scalini dell'altare.

Anche se eravamo in classe insieme, mi ero un po' distaccata da loro, impegnata com'ero a portare a termine il mio piano per fuggire da quel posto.

Erano le mie amiche di sempre, eppure non le comprendevo più. Una aveva il padre che vendeva formaggi al mercato con un camion attrezzato e, non appena terminata la scuola, lei l'avrebbe raggiunto per dargli una mano. Era una ragazza dolce e sembrava contenta del suo destino. Non capivo come ci si potesse accontentare così e magari esserne anche felici. Non capivo come si potesse essere serene, tranquille, io che ero sempre inquieta.

«Puoi venire fuori con noi?»

«Andiamo.»

Mi portarono sulla scala antincendio. Alice tirò fuori una sigaretta, l'accese e me la passò.

«No, grazie, non fumo.» Mi guardai attorno in attesa che mi dicessero qualcosa.

«Diana, ma tu lo conosci il ragazzo di tua sorella?» sbottò Silvia.

«Va be', ma non glielo dire così!» replicò Marta.

«Sì, lo conosco, l'ho incontrato qualche volta. Perché?»

«Non sembra molto a posto» buttò là Silvia, aspirando dalla sigaretta.

«Magari stiamo esagerando, e ci stiamo preoccupando inutilmente» disse Marta cercando di abbassare i toni. Ma fu Alice, sbuffando fumo in faccia, a dire: «Un giorno il tipo è venuto a scuola al mattino. L'ho visto perché mi annoiavo troppo in classe e guardavo fuori dalla finestra. Ha portato Giulia dietro al cespuglio che separa il giardino dalla strada, la teneva per un braccio, forse glielo stortava tutto». Alice fece un altro tiro, puntandomi addosso due occhi chiari.

«Ah, sì, ricordo. Avevano litigato, non so perché, e lui era venuto a scuola per fare pace. Qualche giorno dopo le ha fatto anche un regalo super costoso» dissi con leggerezza.

«Il giorno dopo Giulia aveva un livido al polso. Bello

grosso. E ha detto che si è fatta male in casa» disse Silvia, mentre accendeva una sigaretta.

«Giulia dice che è geloso.» Alice fece una pausa e sbuffando fumo aggiunse: «Forse lei non è del tutto obiettiva, no?».

«Non viene più a giocare a pallavolo perché lui non vuole.»

«Ragazze, Paolo è cotto di mia sorella. Hanno una storia con alti e bassi, litigano, è vero, sarà la differenza d'età…» mi strinsi nelle spalle. Le tre mi fissavano e mi sentii obbligata a proseguire: «Comunque parlerò con mia sorella, ve lo prometto, cercherò di capire la situazione…».

Silvia buttò la sigaretta a terra e la spense con la punta del piede, decretando la fine del discorso. Ci avviammo di nuovo in classe.

Quella notte sognai quattro bambine al fiume, vestite di bianco come fantasmi, che cantavano una filastrocca.

***

«Giulia…» mi affacciai alla porta del bagno. Mia sorella era lì davanti allo specchio con spazzola e phon. Si faceva la piega, lisciando i capelli biondi.

«Che c'è? Mi sto preparando, Paolo viene a prendermi tra poco…» ricordo come aveva lasciato la frase in sospeso. Intendeva dire che Paolo si sarebbe irritato, forse arrabbiato, se lei non fosse stata pronta. Intendeva che avrebbero litigato, e io lo sapevo.

«Paolo ti tratta bene, vero?» le chiesi a mezza voce, appoggiandomi alla porta del bagno.

Giulia stava in silenzio. Continuava a passarsi la spazzola su una ciocca di capelli già perfettamente pettinata.

«Be', è geloso» rispose continuando a fissarsi allo specchio.

Oggi, se ripenso al mio comportamento, mi vergogno, stavo facendo una domanda per pulirmi la coscienza, non volevo ascoltare davvero la risposta. Inoltre, c'era questo fraintendimento per cui una persona gelosa era innamorata.

«Sarà perché non vuole perderti.»

«Sì.»

Facevamo ancora le medie, la parte peggiore della loro storia non era ancora iniziata. Avrei dovuto capire che c'era qualcosa di strano?

Contro di noi c'era il tempo, ma non potevo saperlo.

Parte 3

Gli ultimi giorni

Giulia

Un fine settimana in cui c'era anche Diana, il telefono suonò trenta volte. Le avevamo contate. Non rispondevamo. Il giorno dopo arrivarono un mazzo di rose e un cestino di fiori con un biglietto, da Paolo, come richiesta di riappacificazione. Buttai tutto, senza leggere. Avevamo i nervi a pezzi, decidemmo di staccare il telefono, almeno di notte.

Una notte, Paolo, che non riusciva a prendere la linea, guidò fino a casa mia, si appostò sotto la mia finestra.

«Giulia!»

Iniziò a tirare sassi e a chiamare il mio nome e a gridare frasi sconnesse.

«Gli amori si trasformano, cambiano, a volte…»

Mi alzai, preoccupata che svegliasse tutti, per provare a parlargli.

«Il nostro amore è più forte…»

«Paolo, ma quale amore?»

In poco tempo, iniziammo a litigare di fronte alla porta di casa, e lui, dopo avermi insultato, prima mi sputò in faccia, poi mi scosse forte prendendomi per le spalle, e infine, mi abbracciò stretto, iniziando a piangere. Rimasi immobile finché non si staccò, da solo. Salì in macchina e se ne andò.

Pensavo di averlo calmato a sufficienza per poter dormire il resto della notte, ma trascorsi il tempo a girarmi e rigirarmi.

I vicini chiedevano cosa stesse succedendo e i miei genitori scuotevano la testa, rassegnati.

Diana

Avevo comprato in un'erboristeria in città una crema. La spalmavo a mia sorella. Era ormai evidente a tutti che Paolo tormentava l'ex fidanzata mettendola in situazioni di disagio e di pericolo.

In sottofondo il telefono squillava. Sapevamo che era Paolo.

«Eccolo di nuovo. Sai perché mi chiama, Diana?»

«Vuole che tornate insieme?»

«Vuole insultarmi perché io non voglio fare quel che dice lui.»

«Vuoi che ci parli io?»

Giulia scosse la testa. «Non c'è più niente da dire.»

Continuavo a spalmare delicatamente la crema, il corpo le andava lentamente a fuoco. Il telefono quel pomeriggio suonò senza tregua.

Al quarantesimo squillo mi alzai e andai a staccare la spina. Non importava se saremmo stati isolati, era meglio che essere obbligati ad ascoltare quel *riiiing* ossessivo.

«Sai, D., non vedo l'ora che tutto ciò finisca. Sono sicura che appena Paolo conoscerà un'altra ragazza mi lascerà finalmente in pace.»

Giulia iniziò a piangere appoggiando la testa sulla mia spalla. Le accarezzai in silenzio la testa fino a che si stese e finalmente si addormentò.

Scivolai fuori dalla camera da letto, mi sentivo esausta. I miei genitori erano in salotto.

«Papà, ma ti pare normale che Paolo si comporti così?»

Mio padre stava leggendo il giornale. Era invecchiato, gli mancava un cerchio di capelli nel centro della testa.

Mio padre, girando la pagina, disse. «No, si comporta male.»

Lo fissai in silenzio.

«Non accetta che tua sorella l'abbia lasciato» aggiunse.

«E non pensi che dovresti fare qualcosa? Almeno provare a parlargli, a farlo ragionare?»

«Non serve. Non vuole capire.»

«Ci avete già provato?»

Mia madre annuì, tamponandosi gli occhi e il naso con un fazzoletto.

«Molte volte, gli ha parlato anche tua madre.»

Abbassai lo sguardo e vidi una formica camminare in linea retta lungo le mattonelle. Trasportava una briciola di pane più grande di lei. Era fortissima, sollevava un peso di gran lunga maggiore di quello del suo corpo. Eppure, non contava niente. Feci un passo avanti e la schiacciai.

Attaccai il telefono solo il tempo di fare una breve chiamata.

«Come mai volevi vedermi?»

«Mi serve un favore.»

«Che favore?»

«Un tizio infastidisce mia sorella Giulia.»

«Che gli dica di no, no?»

«Lei vorrebbe solo essere lasciata in pace, ma lui non capisce, continua a tormentarla. Oggi l'ha chiamata quaranta volte.»

«Cosa vorresti che facessi?»

«Picchialo. Anzi, picchialo a sangue e digli di non farlo più.»

Alessio iniziò a ridere, appoggiando la birra al tavolo del pub dove ci eravamo incontrati. Mi sembrava avesse la spocchia degli studenti universitari. Era ancora alto e magro come quando facevamo le medie. Era diventato attraente.

«Io non picchio proprio nessuno, ci mancherebbe.»

«Se non vuoi farlo tu, possibile che non conosci nessuno che possa dargli una lezione?»

«Ma questo chi è?»

«Paolo.»

«Ah, Paolo. Sempre lui. Non mi è mai sembrato tanto normale…»

«Ormai si sono lasciati da diversi mesi. Lui continua a tormentarla.»

«Secondo me stai esagerando, è solo offeso dal rifiuto della sua ragazza. Vedrai che con il tempo gli passerà.»

Lo fissai dritto negli occhi.

«E se non ci fosse tempo?»

«Diana, sei paranoica. Prima o poi smetterà di chiamarla, basta che lei non lo illuda. Non è che Giulia gli risponde?»

Serrai le labbra e mi alzai. Poi sentii una pressione al petto e buttai fuori: «Sai perché ci tenevo tanto ad andarmene da questo paese di merda?».

«Per fare una vita migliore?»

«Perché siete dei codardi!» Appoggiai sul tavolo una banconota.

«Diana!» Alessio mi chiamava, ma io uscii dal locale in cerca di una cabina per telefonare alla prof. Vallini.

«Professoressa, sono Diana, ha un minuto per me?»

«Cara, ciao! Che sorpresa, ma certo, dimmi, ti ascolto.»

Dopo che ebbi parlato per quasi dieci minuti, Sonia Vallini mi disse: «Vieni a casa mia, è meglio».

Ripetei tutto, lasciandomi andare alla frustrazione e alla rabbia impotente che provavo. Mia sorella si trovava in una situazione che era andata crescendo piano piano negli anni e che ora mi sembrava irrecuperabile.

«Se Paolo non capisce le parole, forse dovremmo provare a farlo ragionare usando le mani.»

«Se potessi lo picchierei io, con le mie mani. Chi può picchiarlo per me? Ci vorrebbe qualcuno che lo prenda a botte così forte da togliergli ogni idea di possesso dalla testa.»

«Diana, prendi una tazza di tè.»

«Mio padre no, Alessio no, non abbiamo fratelli, non abbiamo cugini e non siamo abbastanza ricchi da…»

«Diana, basta.» La Vallini mi porse una tazza di tè bollente. «Sei sotto shock, aver visto tua sorella malata e sotto pressione per le telefonate del fidanzato ti ha messo in uno stato d'ansia e agitazione che non sono ottimali per te…»

Indicò il tè molto zuccherato.

«Ora bevi, poi andremo a fare l'unica cosa sensata.»

«Cosa?»

«Andremo alla polizia.»

A udire che la persona in cui avevo riposto tutte le mie speranze suggeriva di andare dalla polizia, le spalle mi caddero in avanti. Sentii il corpo pesante.

«Lo sanno già, professoressa. Mia sorella ha denunciato Paolo almeno quaranta volte.»

«Ah, sì?»

«Sì, non è servito a nulla.»

«E perché?»

Rimasi zitta, con la testa tra le mani.

«Domani cercherò di chiamare un avvocato amico di famiglia, così cercheremo di capire bene cosa si può fare. Perché qualcosa si può fare sicuramente, capito, Diana? Coraggio, ora vai, è tardi.»

Tornai a casa e mi infilai nel letto con Giulia che dormiva ancora.

«Ci sono io con te» le sussurrai.

Rimasi sveglia, senza poter chiudere occhio. Mi addormentai alle prime luci dell'alba. Sentii il corpo caldo di Giulia scivolare fuori dal letto per andare al lavoro.

Quella stessa mattina, mia madre mi lasciò dormire. Avevo avuto una notte complicata. Mi svegliò alle sette il suono del telefono. Qualcuno doveva averlo riattaccato. Sentii mia madre che aveva risposto e parlava sottovoce.

«Diana, è per te» mi passò la cornetta.

«Ciao Diana, scusa l'ora ma ho già chiamato l'avvocato Boni e gli ho raccontato la situazione, ti volevo raccontare.» Era la Vallini, il giorno prima mi aveva visto davvero agitata.

«L'avvocato Boni dice che se Paolo si avvicina troppo a casa vostra qualcosa si può fare.»

Mi sentii sollevata e chiesi di fissare un appuntamento per parlarne di persona, avrei convinto i miei genitori e Giulia a partecipare all'incontro.

«Mamma, sono usciti tutti?»

Mi sembrava di respirare meglio, avevo fatto qualcosa di concreto.

«Sì, Giulia e tuo padre sono usciti molto presto.»

«Ti sei accorta che il telefono non smetteva di suonare?»

«Sappiamo benissimo chi è. Gli uomini hanno troppo orgoglio per accettare di essere respinti.»

«Ma da quanto tempo sta andando avanti?»

«Tanto, davvero tanto.»

Si passò una mano sulla faccia. Mi accorsi di quanto era stanca anche se si sforzava di non darlo a vedere.

«Troppo. Vorrei poter aiutare di più tua sorella.»

«Stai facendo del tuo meglio, mamma. Vedrai che grazie alla Vallini e al suo avvocato riusciremo a fare qualcosa.»

Giulia

Dopo settimane di insonnia avevo finalmente dormito per una notte intera. Anche l'orticaria pungeva meno del solito. Mi sentivo di buon umore quel mattino e infatti ero uscita di casa davvero presto, per fare con calma, per godermi l'alba, prima di iniziare il lavoro.

Sono arrivata alla fabbrica in anticipo di quasi mezz'ora per il turno delle sei del mattino.

Stavo per entrare nell'edificio, quando ho visto un'auto avanzare con lentezza.

Paolo guidava con calma, spostando lo sguardo da un punto all'altro per verificare che non ci fosse nessun altro oltre a noi. Quando mi ha vista ha fermato la macchina. Io sono andata verso di lui, a piedi.

Non parlava, mi fissava con le mani sul volante. Mi sono fermata, come i gatti che terrorizzati non riescono a muoversi dal centro della strada mentre i fari li illuminano. Ero pronta a parlargli, magari a litigare. La paura e l'energia del mio corpo si mescolavano e davano vita a un odore muschiato, come fossi un animale del bosco.

Paolo ha accelerato e mi ha investito. Il mio corpo ha fatto un rumore sordo e pieno, come un sacco di carne che schianta al suolo. Le ruote mi hanno sbriciolato i polsi e le gambe, e mi hanno schiacciato il cranio. Ha messo la retromarcia ed è passato sulla mia cassa toracica.

Ero già morta ma lui è sceso dalla macchina, ha estratto un coltello, ha girato il mio corpo e mi ha accoltellato al centro della schiena, per quaranta volte, tante quante le denunce che avevo sporto contro di lui. È risalito in macchina e se n'è andato accelerando furiosamente. Il silenzio del parcheggio era interrotto solo dal ronzare di una mosca.

Un quarto d'ora dopo sono arrivati i primi operai del turno.

Mi hanno trovato in mezzo al parcheggio, a faccia in giù, con il viso immerso in una pozza di sangue. Mentre la prima luce del giorno sorgeva e qualcuno girava il mio corpo per identificarmi, le mie pupille spalancate e vuote portavano il marchio del tradimento dell'uomo che, un tempo lontano, avevo amato.

Ho detto tutto. Sento che mi manca la voce, ormai. Il funerale è finito. La folla esce ordinata, silenziosa e stordita, dietro alla bara. Il sole splende alto e le montagne brillano per la prima neve. Le campane suonano a morto.

Il mio assassino non c'era, oggi, in chiesa.

Manca anche la mia amica Moira, che oggi sta dando alla luce la sua seconda figlia, una bambina, arrivata a sette anni di distanza dalla prima. L'ha chiamata con un nome giusto da pronunciare nel mio ultimo sospiro: Luce.

Diana

Cammino a piccoli passi dietro a mia madre Teresa. L'infermiera ha dato lo stesso calmante a tutti, e i miei genitori si danno il braccio, aggrappati uno all'altro come marinai appesi all'albero maestro durante un nubifragio.

Quando è squillato il telefono la prima volta, erano le sette del mattino. Era la professoressa Vallini che mi aveva rincuorato dicendo che sicuramente, grazie a un avvocato amico della sua famiglia, avremmo potuto fare qualcosa. Quando il telefono era suonato la seconda volta, alle sette e trenta, pensai che la Vallini si fosse dimenticata qualcosa e risposi allegra. Invece erano i carabinieri che ci intimavano di andare subito all'ospedale.

«Arriviamo subito.» Uscii in un lampo, dicendo a mia madre che era successo qualcosa a Giulia.

In un primo momento sembrava che fosse solo stata investita, solo nelle ore successive ci hanno detto che era morta. Le telecamere di sorveglianza della fabbrica hanno ripreso tutto e non c'è dubbio che sia stato Paolo a ucciderla.

Abbiamo agito come automi, mentre sbrigavamo le varie formalità. Abbiamo pianto e abbiamo ricevuto molte visite sotto lo sguardo degli antenati appesi alla parete, muti e immobili. Oggi c'è il funerale, e se la macchina è stata ritrovata abbandonata in un paesino di montagna, Paolo ancora non si trova.

Sul sagrato della chiesa ho gli occhi fissi a terra. Sento una mano che mi tocca un braccio. Una figura nebulosa mi si avvicina e distinguo la professoressa Vallini. Si avvicina, mi prende le mani: «Diana, non ci sono parole».

«Grazie, lo apprezzo molto» sussurro mentre il labbro trema umido.

Mi abbraccia forte, piangendo, e mi aggrappo al suo corpo in cerca di conforto. Dal giorno della morte di Giulia è venuta a trovarmi, a volte stando semplicemente in silenzio accanto a me mentre piangevo.

«Coraggio cara, entra» disse staccando delicatamente le mani aggrappate al suo cappotto e spingendomi dentro la chiesa.

Percorro la navata fissando a terra, i brusii e i commenti della gente mi accompagnano:

«Due gocce d'acqua.»

«Davvero impressionante.»

«Sono uguali.»

«Ah, questa è la sorella gemella che vive in città.»

«Si assomigliano più ora che da bambine.»

«Eccola, chissà che effetto fa partecipare al funerale.»

«Era rientrata pochi giorni prima, se lo sentiva, sai, i gemelli…»

Lascio cadere il corpo sulla panca centrale in cui siede la mia famiglia. Sento un refolo di vento accarezzarmi la faccia. Mi sembra quasi di udire la risata di Giulia, quella che ho ascoltato pochi giorni fa, per telefono.

«Ciao Giuli, come va?»

«Male, cara. Ho l'orticaria in tutto il corpo. Non vedo l'ora che mi passi, il dolore è insopportabile. Tu, come stai, D.?»

A volte mi chiamava D. Solo con la lettera. Era l'unica a chiamarmi così.

«Sei andata dal medico?» domandavo.

«Sì, dice di continuare a prendere il cortisone, avere pazienza, aspettare che passi. Ma tu? Che racconti?»

«Tutto bene. Ho preso due giorni di ferie.»

«Un miracolo! Come mai?»

«Arrivo oggi stesso, Giuli, sono preoccupata, ho una strana sensazione.»

«Allora per favore portami quella pomata che ti prepara l'erboristeria.» Aveva fatto una pausa, e l'immaginavo a mordersi la pellicina del pollice. «Sembra che io abbia le pulci, passo il tempo a grattarmi.»

Avevamo riso. La risata di Giulia era un gorgoglio basso, come il suono di una tubatura otturata.

Non mi sembra reale non poter più ascoltare la sua voce.

Prima che inizi il funerale i giornalisti scattano alcune foto. Trattengo ogni parte del corpo, come se fossi intera grazie all'esercizio cosciente di una forza magnetica.

Fisso il pavimento con ostinazione, determinata a non farmi riprendere in viso. Mi sono ripromessa che non leggerò più alcun articolo che parli di Giulia. Li detesto.

Anche se il funerale sta iniziando e il prete è pieno di commozione, e dovrei concentrarmi sulle parole che dice in ricordo di mia sorella, i giornalisti mi distraggono.

"Lei lo lascia, lui perde la testa e la uccide" hanno

scritto sul giornale quei giornalisti, e per me è solo un altro modo per dire "Lui perde la sua proprietà privata, si arrabbia e la elimina perché lei non si comporta bene". Mi ricorda quegli allevatori di bestiame che abbattono le bestie recalcitranti o problematiche. Se ne parlassi con mia madre direbbe che sono esagerata, ma io la penso così.

Cerco di concentrarmi sull'omelia e mi torna in mente il titolo di un articolo: *Il dolore nella casa di Giulia. Lui veniva ad aspettarla sotto la finestra*, come se Paolo fosse il povero innamorato destinato ad aspettare una perfida donna dal cuore di ghiaccio.

In altri articoli, prima del funerale, ho letto *All'origine della tragedia la fine della loro relazione*. Mi sale una rabbia! Perché devono giustificarlo?

Mentre don Piero, il prete, continua con un discorso che non sento, ragiono tra me e me su come usano le parole. Quando succedono cose imprevedibili come un incidente in macchina o un terremoto è giusto usare la parola tragedia, mentre quando un uomo uccide una donna dovrebbero semplicemente scrivere che è un assassino. La chiesa è gremita, i giornalisti spingono e cercano di posizionarsi lateralmente alla nostra panca di famiglia. Noto le due compagne di classe che prendevano di mira mia sorella, e lancio loro un'occhiata di fuoco. Quelle due sceme sono qui solo per vedere chi c'è in chiesa e per assistere allo spettacolo, non provavano il minimo affetto per Giulia. Sento un leggero vento accarezzarmi la faccia.

Guardo la bara in legno chiaro. Giulia Giraudo non è stata uccisa perché aveva lasciato il fidanzato. Esistono uomini che accettano la fine di una storia senza pedinare, minacciare, picchiare e uccidere, allora perché questi giornalisti prendono le parti dell'assassino, descrivendolo sempre come un povero innamorato bistrattato?

Il telegiornale locale ha citato mia sorella solo con il nome di battesimo, Giulia, come fosse un'amica, una cugina, una vicina di casa. Non una persona di per sé, con un nome, un cognome, una professione e un'età, e nei due servizi che le hanno dedicato dalla sua morte hanno parlato di lei come se esistesse solo in funzione della sua relazione: "Giulia accoltellata perché respingeva l'ex fidanzato".

Provo a comporre mentalmente il titolo di giornale che descrive solo i fatti, come lo vorrei: "Paolo Carraro, di anni 27, uccide brutalmente Giulia Giraudo, di anni 20, dopo averla pedinata e molestata per anni. Giulia Giraudo aveva denunciato Carraro quaranta volte."

Mentre usciamo dalla chiesa in lenta processione e ci avviamo alla macchina per dirigerci verso il cimitero, i fotografi scattano alcune foto. Una signora dà il gomito all'altra e dice: «Due gocce d'acqua, come si assomigliano». E la vicina le risponde: «Uguali, una somiglianza straordinaria».

Sento un calore salire dalla parte bassa del corpo fino alle guance. E svengo. I flash si scatenano.

Mi hanno steso sul sedile posteriore della macchina. Mi giro di lato per premere la guancia contro il freddo del rivestimento in pelle. Mi metto a sedere, mia madre entra in macchina. Ha il viso tirato di chi non dorme da tempo, ha la faccia di chi si è svegliato in un mondo che non vorrebbe abitare.

«Non si fanno certe figure mentre si presenzia a un funerale. Cosa diranno?» mormora mia madre.

«Che sono svenuta per la tensione, mamma, non preoccuparti, vedrai che nessuno dirà niente.»

Le prendo le mani, bianche e fredde come quelle di una statua. Sento di volerle molto bene. Sale in macchina anche mio padre, infastidito dai giornalisti.

«Chissà cosa scriveranno sul giornale» borbotta. La nostra macchina si immette nel traffico, in direzione del cimitero cittadino.

«Avvoltoi» dice mio padre rivolto verso gli ultimi flash.

Arriviamo per ultimi e quando scendiamo una folla ordinata vuole farci le condoglianze, stringendoci la mano e recitando qualche parola. Riceviamo abbracci e parole di conforto, e molte signore dicono ai miei genitori che la somiglianza tra me e mia sorella è incredibile.

Il sole splende implacabile. Giulia, nella bara, sta per essere rinchiusa in un loculo stretto e lungo.

Lo spazio angusto mi ha sempre creato dei problemi. Cerco di rimanere in piedi. Ho l'impressione di avere un equilibrio precario, come fossi sulla sabbia. Mi sostengo al gomito di mia madre. Lei mi batte la mano due volte sul braccio, un segno telegrafico di vicinanza che ho imparato a conoscere negli anni. Noi, in fondo, siamo gente di poche parole. A me basta, mi sento protetta e accolta dalla mamma. So che per Giulia non era così.

Il prete recita delle formule, le persone continuano a guardarci di sottecchi e il sole splende, come fosse estate. Rinchiudono mia sorella in un loculo in fondo al cimitero.

Anche se tengo lo sguardo lontano dal punto in cui sta avvenendo, sento picchiare un martello. Mi sembra di sentire grida e colpi dati con le mani aperte su muri scarabocchiati con mozziconi di matita, disegnati per contare i giorni, far passare il tempo, controllare l'ansia di essere rinchiusi in una cella, a vita.

Mentre vedo gli addetti aprire il fornetto, osservo la fila di tombe con le fotografie in bianco e nero. Al cimitero i morti formano una grande parete grigia, interrotta dagli occhi fissi delle fotografie e dagli sprazzi di colore dei fiori finti. Sembra la parte piena di fotografie degli antenati.

"Birilla, hai visto quanta gente?" penso come se stessi parlando con lei. Forse era questo che faceva davanti ai nostri antenati. Me la immagino sbuffare, e scrollare i capelli biondi, timidamente, sorridendo con la dolcezza che l'ha sempre distinta da me.

Guardo il cielo, chissà dov'è Paolo.

Parte 4

Diana

Il giorno dopo

Quando mi sveglio, rimango a letto, con gli occhi aperti, ascoltando la casa.

Sembra tutto come sempre, si sente il borbottio della televisione accesa, una pentola che sbuffa, le fusa basse, la voce di mia madre che parla con il gatto. Chiudo gli occhi e posso distinguere l'odore di caffè, di erbe aromatiche, di detersivo per i piatti. Sembra che da un momento all'altro Giulia possa comparire con il suo solito broncio, pronta a fare colazione, scostandosi i capelli biondi dal viso. Sento lo stridore della sedia sul pavimento, e so che è mia madre che sta venendo a vedere se mi sono svegliata.

Entra in camera e ci guardiamo senza parlare.

«C'è il caffè» dice voltandomi le spalle e avviandosi a piccoli passi verso la cucina. Sembra tutto come sempre fino a che, alzandomi, non sento una fitta di mancanza. Giulia mi manca come mi avessero tolto una parte del corpo. Dovrò abituarmi a questa vita da amputata.

Mia madre fa dei passi minuscoli da quando non c'è più Giulia. Forse li faceva anche prima e non li vedevo. Forse sono i suoi passi normali. Eppure a me sembra si siano rimpiccioliti fino a coprire solo pochi centimetri di piastrella, come se ogni spostamento in avanti costasse grande fatica, come se il corpo fosse arpionato al terreno da un blocco di cemento. Forse è un lato di lei che sta emergendo con il lutto, qualcosa che era sepolto e può emergere solo ora che ha perso una figlia.

«Grazie, mamma.» L'abbraccio e respiro il suo profumo. Bevo velocemente il caffè e corro a prepararmi, devo rientrare al lavoro. Oggi, il giorno dopo il funerale.

So che non va bene, ma in qualche punto lontano di me sono felice di allontanarmi. Mia madre è china sul lavello intenta a cucinare. Mi sembra fragile, curva, come invecchiata di colpo, malferma sulle gambe.

«Ci vediamo sabato, riguardati.» L'abbraccio di nuovo.

Mio padre è in giardino e spacca la legna per la stufa. Con lui c'è il nostro vicino di casa, il marito di Moira. Lavorano in silenzio. Dalle case intorno esce fumo grigio, quasi tutti hanno una stufa, qui.

«Ci vediamo sabato, papà.»

«Stai attenta, Diana, mi raccomando.» Mi prende per le spalle e mi abbraccia.

I campi si stanno trasformando nella prima periferia della città, il treno tra poco si fermerà. Appoggio una mano al vetro e inizio a piangere, come se allontanarmi da casa mi avesse finalmente autorizzato a esprimere il dolore.

Il treno ferma all'ultimo binario, cammino a testa bassa fino alle scale, e su, con un balzo, sul tram. Tengo la mano in tasca toccando il mazzo di chiavi che mi porto sempre dietro. Insieme alle chiavi di casa ho aggiunto il mio amuleto: una vecchia chiave della vecchia casa di famiglia, una chiave che non serve a nessuno perché sì è scheggiata e non apre più la porta. Spesso passo il dito sulla parte appuntita, là dove si è rotta la lama, è un gesto che mi da sicurezza. Sono tanti anni che ho questa chiave, mi ricorda da dove vengo.

Scendo due fermate dopo ed entro nella filiale di banca, all'angolo, dove lavoro, salutando brevemente i colleghi.

«Diana, condoglianze. Ma perché sei venuta? Te la senti di star qui oggi?» sussurra passando dietro alla mia sedia Claudia. Siamo state assunte insieme ma, a parte questo, abbiamo ben poco in comune.

«Grazie, sì, dovevo venire... sai com'è Roppelli.»

Ci scambiamo un'occhiata eloquente.

«Se non ti vede seduta alla scrivania inizia ad agitarsi...» continua Claudia guardandosi le unghie con la manicure perfetta.

«Esatto, e avevo appena preso delle ferie, per cui preferisco venire» concludo stringendo le labbra.

«Coraggio, se hai bisogno di me sai dove trovarmi.» Claudia si avvia alla sua scrivania, lisciandosi la gonna.

Mario Roppelli è il nostro diretto superiore. In realtà, nel mondo della banca non conta nulla, riporta a un dirigente che è il vero detentore del potere, però lavora da diversi anni nella stessa filiale ed è riuscito a costruirsi una piccola zona d'influenza. Il superiore gli ha affibbiato la grana di gestire la filiale e, tra i vari compiti, formare le cassiere e gestire le neoassunte. Io e Claudia lavoriamo qui da due anni, siamo state confermate entrambe, ma ci controlla ancora come fossimo due novelline.

Credo che gli piaccia esercitare il suo piccolo potere su di noi. Su di me, soprattutto. Claudia, con i suoi tailleur firmati, la provenienza da una famiglia borghese, è riuscita a ingraziarsi il capo in poco tempo. Alla fine lui se la prende soprattutto con me che conosco bene il lavoro, ma non conto nulla. Anche se penso di essermi lasciata indietro le mie origini con questo lavoro e con i miei studi, eccole di nuovo qua, che mi sbeffeggiano. Mi sento di rivivere la stessa situazione che vivevamo io e Giulia a scuola, dove la maestra ci trattava peggio delle compagne con famiglie più influenti.

Roppelli è lusingato che due giovani siano pronte e scattanti a ogni suo ordine, dall'altra è logorato dall'ansia, e spesso ha crolli nervosi per cui inizia a urlare e perdere le staffe.

Almeno un paio di volte al mese capita in filiale il superiore, l'ingegner Emanuele Silvio Fumagalli, per farsi consegnare documenti sull'andamento della filiale. Quando Fumagalli si avvicina alla scrivania e lo chiama, Roppelli sussulta, la fronte gli si copre di sudore e scatta in piedi con le labbra serrate e le natiche strette. Per questo, all'inizio del mio tirocinio, l'avevo soprannominato "Chiappetta".

Il soprannome era nato quando, poche settimane prima, avevamo ricevuto una vista a sorpresa. L'ingegner Fumagalli entrò all'improvviso, una mattina, e dopo un breve saluto si rivolse a Roppelli chiedendogli di consegnare i risultati trimestrali.

Fumagalli teneva le mani nelle tasche del cappotto, era rilassato ma si capiva che aveva fretta, forse aveva fatto una fermata alla filiale prima di scappare a una riunione con persone più importanti.

Roppelli si alzò di scatto. Indossava un completo, ma per il caldo che faceva nel nostro ufficio, affollato e con il riscaldamento alto, si era tolto la giacca e l'aveva appoggiata alla spalliera, e lavorava così in camicia. Quando Fumagalli chiese i documenti e lui scattò in piedi, notai il tessuto dei pantaloni tirare e aderire e infilarsi nel solco in mezzo al sedere.

Iniziai a tossire per mascherare la ridarella che mi scuoteva incessante. Roppelli mi guardava con le palpebre aperte a indicare l'insensatezza di quanto stavo facendo, mentre Fumagalli non si era accorto di nulla e attendeva serafico, con le mani in tasca, percorrendo con lo sguardo il nostro ufficio.

Finsi di dover allacciare una scarpa e cercai di smettere di visualizzare le chiappette del capo. Il contrasto tra la durezza che esercitava su di noi e la mollezza con cui si piegava di fronte ai potenti erano riassunte in quei ranghi strettamente serrati. Così lo soprannominai Chiappetta.

Quel giorno in banca successe anche un altro fatto. Fumagalli ripeté la domanda, con calma, e Roppelli balbettando cercò prima una risposta, poi cercò il foglio stampato con i risultati del trimestre, e, infine, non trovandolo, si irrigidì sul posto abbassando la testa.

Fumagalli, in attesa, spostava lo sguardo sul resto della filiale, fermandosi su Claudia. Si era alzata e fingeva di sistemare una pila di documenti per mostrarsi con il nuovo abito che la fasciava. Guardava Fumagalli con aria di finta innocenza finché lui si scosse e disse: «La figlia dell'ingegner Casiraghi, immagino…».

«Sì, dottor Fumagalli, sono Claudia Casiraghi, ci siamo conosciuti alla festa di fine anno…»

«Sì, certo, tuo padre è stato mio professore all'università, ormai qualche anno fa.»

«Sì, la ricorda sempre come uno dei suoi alunni più brillanti, ingegnere.»

«Ma figuriamoci» si schernì Fumagalli, ma si vedeva che era contento. «Come si trova in filiale? Roppelli la tratta bene?»

«Certo, mi trovo benissimo.»

«Ottimo. Roppelli, ha trovato i risultati?»

«Ingegnere, nel frattempo, posso offrirle dell'acqua o un caffè?»

«Temo di dover scappare a breve. Mi aspettano in sede centrale per una riunione, ma un caffè lo bevo volentieri visto che questi dati non arrivano.»

Claudia fece strada e si allontanò con il capo verso la sala riunioni, sorridendo a Roppelli.

Uscirono dopo dieci minuti, quando Roppelli ormai stremato alla vana ricerca del foglio, si era deciso a stamparlo di nuovo.

«Alla prossima. Roppelli, signorine, arrivederci.»

Quella sera quando, per ultima, mi alzai per andarmene, notai nel cestino dell'immondizia minuscoli pezzettini di carta sbriciolati. Sembravano essere pieni di numeri e numeretti. Pensai a Chiappetta.

Forse non ero l'unica che lo trovava insopportabile, forse qualcuno stava cercando di fargli le scarpe.

Inquieta

«Ciao Diana, sono Alessio. Hai un minuto?»

«Oh, Alessio.»

«Mi dispiace per Giulia, non so dirti quanto» dice sospirando. «Mi sento così in colpa per non averti ascoltato quella sera. Ho pensato che stessi esagerando…»

«Sì, mi ricordo.» In fondo non accade sempre così? Usiamo parole esagerate per fatti quotidiani e quando poi qualcuno grida "aiuto" siamo indifferenti o dubbiosi.

«Vorrei aver fatto qualcosa. Non erano minacce vane.»

«Grazie.»

«Come stai? Come vanno le indagini?»

«Io cerco di andare avanti un giorno per volta. Paolo ancora non si trova, mi sento costantemente in pericolo.»

«Perché non torni a casa?»

«Forse hai ragione.»

«Pensa a te Diana, a come stai.»

«Sì, chiederò altri giorni di ferie.»

«Non riesco a togliermi dalla mente che avremmo potuto aiutare Giulia, sto sveglio di notte a pensare.»

«Mi manca molto.»

«Spero che un giorno potremo vederci di persona e parlare di lei.»

«Sì, più avanti, mi piacerebbe.»

«Sai, ho un ricordo molto dolce di tua sorella.»

«Cosa?»

«Abbiamo salvato un uccellino, era felice!»

Stiamo in un silenzio carico di intimità, ricordandola. Mi chiedo come faremo a convivere con la certezza di non aver fatto abbastanza per lei.

Dov'è Paolo? Si sta nascondendo? Chi lo protegge?

***

Il martedì mi avvio verso la banca respirando lentamente, nel vano tentativo di far calmare il cuore che batte in petto come la pioggia dell'acquazzone. Saluto Claudia, che è molto silenziosa e sulle sue, e Roppelli, di pessimo umore già di prima mattina. Ho molto lavoro arretrato e mi impegno per tutta la mattinata, provando il sollievo di anestetizzarmi, per qualche ora.

A pranzo ho solo voglia di stare da sola ed esco dalla filiale per fare una passeggiata. Cammino fissando il pavimento, quando sento uno strano rumore. Ho come l'impressione di essere seguita e mi blocco di colpo.

Dietro di me c'è un ragazzo, probabilmente un galoppino di qualche agente immobiliare di zona, che mi scarta voltandosi brevemente ma senza fermarsi. Nessuno mi sta seguendo. La mia mente fa degli strani scherzi, dovuti alla stanchezza, al trauma, alla mancanza di sonno.

Cerco di tranquillizzarmi con la razionalità, ma il cuore batte in modo ritmico e martellante, ho la gola serrata e sento le gambe cedere. L'inquietudine e la sensazione di essere osservata sono così forti che, senza riflettere, guidata dalla mia paura, giro e torno dritta in filiale, perdendo tutta la pausa.

Paranoia

I primi giorni dopo il lutto scorrono come sospesi, in qualche modo passano; le notti, invece, sono lunghe. Il lavoro è un modo di anestetizzarmi, anche se ogni tanto immagino la voce di Giulia che fa dei commenti, o una battuta, come fosse ancora qui.

Sono ormai le sei e mezza passate quando esco dalla banca. Dopo giorni ho un leggero appetito e potrei deviare dalla solita strada per andare in un piccolo supermercato molto ben fornito, un poco più lontano. Sto decidendo cosa fare quando mi sento chiamare.

«Diana! Diana!»

Una signora su una sedia a rotelle urla il mio nome. Le uniche persone che conosco in questa città sono i miei colleghi, mia zia, e qualche amica del corso di studi, ma nessuna signora anziana sulla sedia a rotelle.

«Diana, sono io.»

Dopo un primo momento di perplessità riconosco la mamma di Paolo. Negli anni l'ho incontrata solo un paio di volte.

«Condoglianze, sono davvero senza parole per quello che è successo a Giulia.» Ha un viso stranamente fisso, come se non fosse abitata da nessuna emozione.

«Buonasera, signora.»

«Diana, spingimi sulla macchina per favore.» È accompagnata da un uomo. Probabilmente il nipote. Lui sta in piedi vicino a una macchina con le portiere aperte.

«Spingi la sedia fino alla macchina, io poi mi farò scivolare sul sedile davanti, e voi potrete chiudere la sedia a rotelle e caricarla dietro» dice Piera.

Per un attimo guardo lei e il nipote, incerta sul da farsi. Vorrei chiederle se sa dov'è Paolo.

Sento pensieri che si affollano in testa sull'onda dell'ansia. E se volessero farmi del male? Stordirmi e caricarmi in macchina per portarmi chissà dove? Piera e il nipote mi guardano in silenzio, senza sorridere. Forse nascondono Paolo, l'assassino di mia sorella, e lo proteggono.

«Per favore, Diana, aiutaci.»

La sua voce mi sembra falsa. Sospettosa, la fisso per carpire la malafede. Sembra solo una donna anziana, inferma, malata e malandata. Eppure mi chiedo perché è qui? Proprio oggi?

Sto diventando paranoica, la morte di mia sorella e il fatto che l'assassino è ancora a piede libero mi rendono nervosa. Mi è chiaro che non posso ancora riprendere la mia vita. Ho bisogno di tornare a casa fino a che non avranno trovato Paolo.

Impugnando le due manopole della sedia attraverso il marciapiede diretta alla macchina. I negozi stanno abbassando le serrande, ma c'è ancora molta gente in giro. Il traffico è congestionato, i tram pieni di pendolari.

«Ecco, brava, adesso aspetta che salgo» dice entrando lentamente in macchina, prima una gamba, poi l'altra.

«Come mai è in città, Piera?»

«La mia salute peggiora e qui ci sono medici migliori, anche se non so quanto queste cure funzioneranno…»

Ormai è seduta e ha sulle gambe la sua borsa, sgancio il fermo della sedia a rotelle, ormai vuota, la piego e la passo all'uomo.

«Grazie» fa lui.

«Diana, ti accompagniamo a casa?»

C'è qualcosa in questa proposta che non mi convince.

«Sali, ti portiamo noi» ribadisce il nipote appoggiandomi una mano sul polso.

Sopraffatta, mi divincolo e inizio a correre.

Piera sventola una mano fuori dal finestrino della macchina come a volermi fermare.

«Diana!» grida il nipote.

«Signor Roppelli, mi scusi, ho bisogno di chiedere dei giorni di ferie.»

«Ancora?» dice alzando le sopracciglia.

«Sì» affermo senza sorridere. Mi accorgo di averlo preso alla sprovvista, è abituato ad impiegate arrendevoli e sorridenti.

«Quando li vorresti?»

«Questa settimana, da domani.»

«C'è poco preavviso Giraudo, non so se riesco... insomma non sembra che tu ti stia impegnando molto.»

È seduto sulla poltrona girevole, con la schiena appoggiata, le gambe larghe. Si muove lentamente da una parte all'altra, come un gatto che gioca col topo.

«Mia sorella è morta e sono rientrata subito al lavoro, direi che mi sto impegnando al massimo.»

Sento qualcosa spezzarsi, ha rotto la matita che teneva in mano.

Roppelli è abituato a sentirsi dire sempre sì.

«Non mi sento molto lucida e temo di combinare

qualche pasticcio, riposarmi qualche giorno mi farà bene» aggiungo.

«Viste le circostanze che ti riguardano, faremo un'eccezione…»

Chiude le gambe e mi guarda con durezza a sottolineare che in quella filiale si fa quello che dice lui.

Tornata alla scrivania ripenso alle parole di Alessio. Scrivo alle risorse umane chiedendo un cambio di filiale per motivi personali. Basta una vittima in famiglia, non sono obbligata a sottostare per forza alla tirannia di Chiappetta.

Zia Filomena

A breve sarei tornata a casa, e nel giro di qualche settimana sarei stata trasferita. Non vedo l'ora di vedere la faccia di Roppelli, all'annuncio. Cammino diretta verso la casa della zia che mi aveva ospitato per i cinque anni delle scuole superiori.

«Ciao, zia.»

«Oh, Diana, sali.»

La zia Filomena era rimasta signorina per tutta la vita, aveva sempre lavorato e, anche se ora che era in pensione faceva un po' fatica a pagare tutte le spese, era sempre stata soddisfatta della sua vita.

Negli anni in cui mi aveva ospitato a casa sua mentre frequentavo le superiori, dopo un primo momento di studio reciproco, avevamo fatto amicizia.

Mi aveva raccontato che nei lunghi anni al lavoro, come assistente personale di un direttore d'azienda, si era molto divertita. Aveva viaggiato, partecipato a cene e feste ed eventi, si era ubriacata con i migliori vini ed era stata l'amante del suo capo per quasi trent'anni, finché lui era morto d'infarto, durante una partita di poker, a soli sessant'anni. Al funerale aveva dovuto fingere di non essere così addolorata sia con i colleghi sia con la moglie, donna con cui intratteneva un rapporto cordiale da molti decenni.

Dopo la morte del capo, Filomena era stata liquidata, qualche anno prima della pensione, e tutti i colleghi le avevano regalato un orologio prezioso per festeggiare il prepensionamento.

Filomena aveva usato parte dei soldi della liquidazione per fare un viaggio nei vigneti del Périgord francese, dove ricordava di aver vissuto una delle più belle settimane con il suo amato, che aveva la passione per i vini e aveva studiato da sommelier. In viaggio si era permessa di piangere tutte le sue lacrime e poi, al rientro in città, aveva messo un annuncio per ospitare una studentessa e riuscire così a far fronte alle spese ordinarie. Ne aveva parlato anche con i fratelli e mio padre, su suggerimento della Vallini, le aveva chiesto se poteva ospitarmi.

Mentre io studiavo per prendere il diploma, Filomena si era iscritta a un corso di ballo e, dopo aver fatto qualche corso di formazione, faceva volontariato per la Croce Rossa con molta dedizione.

La sua vita era abbastanza piena e la zia non si lasciava abbattere facilmente. La sua filosofia era che chi fa da sé fa per tre e mi incoraggiava sempre ad avere coraggio e disciplina per raggiungere i miei sogni. Solo la condotta di Giulia la metteva di cattivo umore. Ne parlavamo a volte, perché io mi sentivo in colpa per aver lasciato casa, mia sorella e i miei genitori per studiare.

«Dovresti dirle di costruirsi qualcosa per se stessa, non di stare sempre appesa a un uomo.»

«Zia, è carattere, lo sai.»

«Ma non è carattere, è tua mamma che le mette in testa quelle scemenze da soap opera.»

«Ma no, zia, e allora perché con me non hanno attaccato?»

«Ha guardato troppi film romantici. Non pensa ad altro.»

Le nostre conversazioni erano più o meno così, criticavamo il fatto che fosse dipendente da Paolo e che non avesse spazio per se stessa.

Con Giulia non ne parlavamo molto, e le volte che avevo insistito, mi aveva zittito. Era convinta di voler stare con Paolo fino a che non l'ha lasciato.

La zia era al funerale l'altro giorno, e sono sicura di averla abbracciata e aver sentito le sue condoglianze, ma mi sembra passato un secolo. Salgo le scale del palazzo dove vive e suono di nuovo.

«Oh, Diana» mi abbraccia.

«Mi sembra passato molto tempo, zia.»

«Come va?»

«Ho appena chiesto il trasferimento di filiale, spero me lo diano in fretta.»

«Brava, hai bisogno di essere serena. Quel Roppelli è un prepotente.»

È pensierosa, e un po' giù.

«Che c'è, zia?»

«Avremmo dovuto fare qualcosa. Non riesco a smettere di pensare a Giulia, avremmo dovuto parlarle di più, starle più vicino, insistere, non lo so» mormora Filomena con la testa tra le mani.

L'abbraccio – mi vengono in mente i miei genitori, li immagino nella casa vuota, soli, e decido che non voglio aspettare.

«Zia, vado a casa ora, non aspetto domani mattina.»

«Ma Diana, almeno lascia che ti prepari qualcosa per cena…»

«No, grazie!»

Stazione

Volo giù dalle scale e, sempre correndo, vado in stazione, senza esitare nemmeno un minuto, senza una borsa, senza passare da casa.

È appena passato un treno nella direzione che devo prendere. In piedi davanti al tabellone delle partenze, stringo le chiavi nella tasca del cappotto, mentre le persone mi passano accanto rapide e sfocate, come stelle cadenti.

Chiamo mia madre dal telefono pubblico.

«Vengo a casa stasera, con il prossimo treno.»

«Che succede, Diana?»

«Ho bisogno di tornare a casa.»

Il treno rallenta in prossimità della stazione del mio paese. I binari grigi stridono leggermente. Ciuffi d'erba spuntano tra le crepe di vecchio cemento. Hanno chiuso la biglietteria qualche tempo fa, per lo spopolamento progressivo della cittadina. Ciò che è rimasto è un vecchio edificio bianco e scrostato, con una sala d'aspetto con due panchine in legno decorate a graffiti. L'aria che si respira è di abbandono e incuria. La stazione è isolata dal resto del paese.

Sollevata dall'essere finalmente a casa, scendo dal treno.

Poi lo vedo. Fuma una sigaretta appoggiato al muro.

Ha la barba lunga e occhiaie nere e viola e l'aria di chi non cambia vestiti da molti giorni. Sembra uno che ha dormito in stazione, per terra. Gli ultimi raggi di sole hanno lasciato spazio alla sera di inizio inverno, il cielo azzurro scuro rapidamente si trasforma in notte.

Tocco le chiavi in tasca.

«Allora non sei morta» mi sorride stirando il labbro, senza cambiare espressione degli occhi.

Non rispondo continuando a camminare. Nessun altro passeggero è sceso dal treno. Non ci sono negozi, bar, controllori, addetti alla sicurezza. Nella stazione deserta, sotto a un cielo senza stelle, ci siamo solo io e Paolo.

Mi prende il braccio e tira verso di sé. Lo strattone mi porta sotto alla sua bocca. Impugno più strette le chiavi, mi si azzera la saliva. Mi sembra che i piedi siano più saldi nel terreno e che la mia vista si sia fatta più fine, in grado di vedere i dettagli. Una goccia di sudore, sudore malsano, gli scende dalla fronte. Lo sguardo di Paolo è alterato, ha le pupille molto dilatate. Non penso a niente, seguo il corpo. Urlo come per caricarmi e lo colpisco più volte con le chiavi.

Paolo non si aspetta una mia reazione e, disorientato, indietreggia inciampando su una panchina. Cade. Raccolgo una pietra e prima che si rialzi gli tiro il sasso in faccia. Lui mi salta addosso, schiacciandomi il corpo contro il muro e stringendo le mani intorno al collo.

Mentre mi strozza, con la punta spezzata della chiave cerco di bucare la gola di Paolo e, facendo leva con tutta la forza del corpo, sento la membrana cedere sotto la pressione. Spingo più forte, esce sangue.

Paolo molla la presa, appena in tempo per farmi riprendere abbastanza aria da non svenire. Lo spingo con tutta la forza che ho, inciampa sui suoi piedi, cade sbattendo la testa sulla panchina.

Sento un rumore osceno, come di un guscio d'uovo che si spezza.

Gli sferro un calcio in faccia abbastanza forte da fargli sbattere di nuovo la testa sulla panchina, poi corro in direzione di casa, senza voltarmi.

A casa, in stato di shock, mi infilo sotto la doccia. Dopo venti minuti mia mamma bussa alla porta del bagno. Non rispondo. Mi siedo nella doccia e faccio scorrere l'acqua addosso. Lunghi rivoli neri di trucco colano dagli occhi.

«Diana.»

Mia madre spegne l'acqua e mi abbraccia. Piange.

Mio padre, al rientro dal lavoro, ci trova sedute nella stessa posizione. Gli racconto brevemente quello che è successo. Telefona alla polizia, avvisando che c'è un uomo alla stazione, ferito. Dopo poco esce, diretto in centrale.

Il giorno dopo, Filicudi suona al nostro campanello.

Mi trascino in sala in pigiama, con la bocca piegata in una smorfia di disappunto: avrei preferito stare a letto.

Filicudi

Antonio Filicudi è una vecchia conoscenza di mia sorella Giulia. Aveva accolto decine di denunce. Giulia lo detestava, perché le suggeriva di provare a far ragionare Paolo, cosa che mia sorella aveva provato a fare, a lungo, con molta determinazione e insistenza, e che non aveva sortito nessun effetto. "Filicudi forse non è cattivo, è solo figlio del suo tempo e della sua storia" penso addolcita dai resti del calmante che mi ha dato la dottoressa.

Anche mia madre ci raggiunge, si è vestita di tutto punto e gli offre caffè e acqua. In questo momento l'ammiro per la forza che emana, per la capacità di creare una casa con pochi gesti. Seduti al tavolo della cucina, con davanti tazze di caffè e bicchieri d'acqua, aspettiamo che parli. Per uno scherzo del destino o perché i carabinieri hanno poco personale, è proprio Filicudi a darci l'annuncio: «Abbiamo trovato il corpo di Paolo Carraro alla stazione».

Con la voce, così forte e sicura, così diversa da quella di Giulia, sbotto: «Filicudi, sono stata io».

Nella stanza cala un silenzio freddo e corposo come la brina sulle foglie del prato d'inverno.

«Quando sono scesa dal treno Paolo era alla stazione e non mi sembrava stare bene, mi ha scambiato per Giulia. Mi ha detto "Ma allora non sei morta".»

Mia madre scoppia a piangere.

«Ieri ho incontrato sua madre in città e penso mi stessero seguendo. Mi è sembrato davvero strano che lei fosse proprio nella stessa via dove lavoro.»

Bevo un sorso d'acqua. «Quando Paolo mi ha visto scendere dal treno ha cercato di parlarmi. Non so cosa volesse, io l'ho ignorato, continuando a camminare. Lui però mi ha trattenuto per un braccio. Quando mi sono sentita trattenuta l'ho colpito con le chiavi, in faccia, con violenza.»

Ci scambiamo un'occhiata.

«Paolo ha cercato di strozzarmi schiacciandomi contro il muro e io gli ho infilato la chiave in gola.» Pronuncio l'ultima frase abbassando leggermente la voce.

Mio padre è seduto dritto con le mani sulle ginocchia, le gambe aperte e lo sguardo fisso sul pavimento.

«Quando la chiave si è infilata a fondo e ha iniziato a uscire il sangue, Paolo ha urlato e ha lasciato la presa, così l'ho spinto via e sono scappata a casa.»

L'atmosfera si è come scaldata. Mi sento stranamente irreale, mi sembra di star recitando una parte, non di vivere la mia vita.

«Quando l'ho spinto è caduto a terra sbattendo la testa.»

Filicudi stringe le palpebre e poi, con lentezza, dice: «Diana, il medico l'ha dichiarato morto a causa di un trauma cranico. Sul corpo abbiamo rinvenuto anche delle ferite superficiali alla gola, ma quello che l'ha ucciso è stato l'impatto della testa con la panchina. Questo è quello che ha diagnosticato il medico e quello che abbiamo scritto nel rapporto».

Filicudi è serio, ma sereno.

Forse il mio racconto ha rimesso insieme qualche pezzo mancante.

«La madre di Paolo lo ha sbattuto fuori di casa dopo l'omicidio. Avevano già avuto delle pesanti discussioni perché lui rubava soldi in casa, non smetteva di molestare Giulia e la signora Piera dopo l'omicidio l'ha mandato via. Ha addirittura fatto cambiare la serratura da un nipote con cui è in buoni rapporti. Noi stavamo cercando Paolo Carraro dal giorno in cui ha ucciso Giulia. Lui ha vissuto per qualche giorno ospite da un amico, che dopo aver letto i giornali l'ha mandato via.»

In casa c'è un silenzio irreale.

«Dal giorno del funerale Paolo stava vivendo per strada e abbiamo ragione di credere che la sua situazione mentale fosse precipitata.»

Filicudi si ferma, estrae un fazzoletto, si pulisce la bocca e mi guarda negli occhi.

«La madre non è colpevole, il fatto che tu l'abbia incontrata in città è una pura casualità. La signora Piera ha un cancro e ha deciso di provare a curarsi meglio.»

Beve un po' d'acqua e si schiarisce la gola. Fa un lungo respiro, come per dire qualcosa di così coraggioso e difficile che gli mancano le parole.

«Diana, da quando è morta tua sorella non mi do pace» appoggia il bicchiere e stringe le labbra.

"Birilla, hai sentito?" penso tra me e me.

La luce del sole è alta nel cielo, è quasi mezzogiorno. C'è un vento leggero in casa, eppure le finestre sono chiuse.

«Dobbiamo compilare un po' di scartoffie. Andiamo in centrale?»

Nota dell'autrice

Tutto il romanzo è inventato, tranne le parti vere.

Le parti vere sono queste: in Italia la legge che tutela le vittime di stalking e punisce gli autori di atti persecutori è la n. 38 dell'aprile 2009, derivata dalla conversione del Decreto-legge n. 11/23 febbraio 2009: "Misure urgenti in materia di sicurezza pubblica e di contrasto alla violenza sessuale, nonché in tema di atti persecutori". Questa legge è successiva ai fatti narrati nel romanzo.

All'inizio di questa storia lo stupro, in Italia, era reato contro la pubblica morale. Questo significa che le donne non erano ancora considerate persone. Solo nel 1996, con la legge del 15 febbraio 1996, n. 66, lo stupro diventò un reato contro una persona. La lunga strada legale per contrastare lo stalking è riportata nell'Extended Book del romanzo.

La società in cui vive la protagonista non è ancora pronta a parlare di femminicidio e stalking. Regole antiche di patriarcato, uso del corpo femminile, pregiudizi e mancanza di consapevolezza sono la normalità delle relazioni umane.

Il romanzo racconta anche di come la tv e i media, la pubblicità e il mondo dell'immagine abbiano un ruolo di responsabilità nel perpetrarsi della violenza di genere, nell'oggettificazione del corpo femminile.

A trent'anni di distanza dai fatti narrati nel libro, in Italia una donna su tre è ancora vittima di violenza psicologica, fisica, sessuale o stalking.

Ringraziamenti

Ho molti debiti di riconoscenza e non basteranno queste poche righe a colmarli tutti. In primo luogo ringrazio Sara Rattaro, direttrice della collana di narrativa di Morellini per aver aiutato a sciogliere alcuni nodi narrativi e aver creduto in questa storia. Grazie all'editore Mauro Morellini, che ha creduto in questa storia fin dall'inizio. Grazie a Elisa Guidetti per l'editing, Enrico Guida per la copertina. Grazie a Serena Bellinello per l'incoraggiamento a scrivere. Grazie a Massi, mio primo lettore. Grazie agli amici che hanno letto la prima stesura del romanzo: grazie Alberta, Angelica, Antonella, Manuela e Paolo.

Per gli affondi psicologici sono debitrice ai testi universitari: *Psicologia della violenza di genere*, di Luca Milani e Serena Grumi (Vita e Pensiero, 2023), *La rivolta del corpo. I danni di un'educazione violenta*, Alice Miller (Raffaello cortina editore, 2005). Per la critica sociale televisiva *Storia della televisione italiana*, Aldo Grasso (Garzanti, 2000) e alle teche RAI per il programma *Cartolina* e per la cronaca della guerra del Golfo. La figura di Diana incarna l'archetipo della donna psicologicamente indipendente dalle relazioni ed è ispirata al libro *Artemide. Lo spirito indomito dentro la donna* di Jane Bolen; il lavoro della psicologa Anne Ancelin Schützenberger mi ha ispirato i riferimenti agli antenati e ai legami nascosti nell'albero genealogico.

Indice

Parte 1 - Giulia

Parte 2 - Diana

Parte 3 - Gli ultimi giorni

Per accedere ai contenuti collegati a questo libro è sufficiente utilizzare il
QR code in quarta di copertina e qui sotto, o inserire la URL:
bit.ly/4073qqt

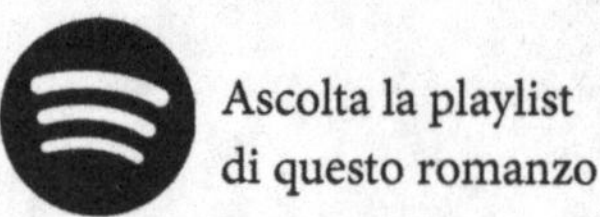